Lydia Wiesmayer Fuchs
Bitte einmal Mut zum Mitnehmen, danke, das ist alles!

Lydia Wiesmayer Fuchs

Bitte einmal Mut zum Mitnehmen, danke, das ist alles!

Rediroma-Verlag

Bibliografische Information der Deutschen Nationalbibliothek:
Die Deutsche Nationalbibliothek verzeichnet diese Publikation in der Deutschen Nationalbibliografie; detaillierte bibliografische Daten sind im Internet über http://portal.dnb.de abrufbar.

ISBN 978-3-96103-673-8

Umschlaggestaltung: Lydia Wiesmayer Fuchs

www.rediroma-verlag.de
9,95 Euro (D)

„So alleine auf der Straße? Komm schon, steig ein!“, höre ich eine Männerstimme rufen und gleichzeitig vernehme ich das Geräusch von rollenden Autoreifen. Ich drehe mich erstaunt um, meint er mich? Weit und breit kein anderer Mensch zu sehen, also redet er tatsächlich mit mir. Mein Puls beschleunigt. Das Auto hält neben mir an, die Beifahrerscheibe ist heruntergelassen und ich erkenne einen kleinen Mann mit Spitzbart und Brille. Gruselig. Meine Nackenhaare stehen zu Berge. „Nein, ich steige nicht zu fremden Männern ins Auto!“, antworte ich trotzig wie ein kleines Kind und gehe weiter.

Das Auto rollt neben mir her. Jetzt bekomme ich es mit der Angst zu tun!

„Komm trau dich!“, versucht der Mann mich abermals zu locken. Ich bleibe stehen, anstatt fort zu laufen, bücke mich hinunter, irgendetwas macht mich doch neugierig. „Wieso?“, frage ich ihn und erinnere mich an das Märchen Hänsel und Gretel. Jetzt fehlt nur noch, dass er mir einen Lebkuchen anbietet.

„Dieses Auto kann dich zurückbringen, zurück in deine Vergangenheit. Wir fliegen nicht zum Mond, wer braucht das schon! Wir fahren in die Vergangenheit, zurück zu dem Abend, an dem du deinen Mann kennengelernt hast.“

Mit dieser Aussage habe ich nun wirklich nicht gerechnet. Verdutzt beginne ich nervös zu lachen und zeige ihm den Vogel. „Ok, doch nicht Hänsel und Gretel, sondern Zurück in die Zukunft 4“, sage ich laut und lache weiter.

„Du wirst ihn einfach nicht beachten in der Disco, gehst nicht mit ihm alleine an die Bar, dann ersparst du dir ein Leben mit ihm“, redet der Mann erneut auf mich ein und schlägt mit der Hand auf‘s Lenkrad. Erstaunt blicke ich ihn an. Woher wusste er das? Ich richte mich auf, gehe einen

Schritt zurück und sehe das Auto genauer an. Es sieht ungewöhnlich aus. Es glitzert und funkelt.

Das kann doch nur ein Märchen sein. Der verrückte kleine Mann. Komischerweise habe ich keine Angst mehr vor ihm. Das, was er sagt verwirrt mich, macht mich nachdenklich, es klingt verlockend … Was wäre, wenn? Plötzlich glaube ich ihm und für einen kurzen Moment gerate ich in Versuchung. Wäre das nicht toll? Entscheidungen deines Lebens, die du bereust, einfach rückgängig machen? Meine Hand liegt bereits auf der Türschnalle. Abrupt weiche ich zurück. Ein Gedanke schießt wie ein Blitz in meinen Kopf. „Aber was ist dann mit meinen Kindern?“, frage ich ihn aufgeregt. „Die werden doch nie entstehen, wenn ich ihn nicht kennenlerne!“

„Ist doch egal, steig einfach ein, dann bekommst du eben andere!“, meint der fremde Mann.

Unschlüssig bleibe ich stehen. Plötzlich steigt er aus und kommt auf mich zu, kitzelt mich wie ein Verrückter! „Komm doch! Trau dich!“, lacht er.

Ich möchte mich wehren, aber er ist viel stärker als ich. Ich muss lachen, so lachen! Mir tut schon alles weh! Meine Beckenbodenmuskulatur wird aufs Äußerte gereizt! Ich habe Angst, mir in die Hose zu machen vor Lachen!

„Nein! Lass mich los!“, kreische ich und schlage wild um mich, denn ich bekomme keine Luft mehr. Ich stoße mit der Hand gegen die Wand. „Au!“

Verwirrt öffne ich meine Augen und wache auf, erlöst von diesem seltsamen Traum. Mein Herz rast. Was war das denn jetzt? Was für einen Blödsinn habe ich denn da geträumt?!

Verschwitzt setze ich mich im Bett auf, reibe mir meine Hand und versuche mich zu beruhigen. Es dreht sich alles.

Habe ich laut gelacht!? Rundherum ist alles still, also habe ich anscheinend niemanden geweckt.

Nachdem ich mich wieder im Griff habe, taste ich nach meinem Handy. **22:55** Uhr, verdammt, zwei Stunden habe ich nur geschlafen? Ich blinzle und reibe mir meine Augen. Das darf doch nicht wahr sein! Das Licht des Displays leuchtet mich an, ansonsten ist es finster im Raum. Ich platziere das Telefon wieder auf dem Boden neben dem Bett, lege mich erneut hin und schließe rasch meine Augen, doch zu spät. Dieser Traum war so verrückt und lässt mich nicht mehr einschlafen. So ein irrer Traum! Eine Zeitmaschine! Zurück in die Vergangenheit oder Zukunft? Jetzt drehe ich schon völlig durch … Neben der Uhrzeit auf meinem Handy habe ich natürlich auch registriert, dass es leider noch immer keine neue Nachricht gibt.

99, 98, 97, 96, 95, 94, 93, 92, 91, zähle ich, um mein Gehirn vom Denken abzuhalten.

Lieber träume ich doch diesen verrückten Traum weiter, als dass ich hellwach skurrile, reale Gedanken habe. Ich drehe mich von einer Seite auf die andere und warte was passiert, 90, 89, 88, 87, 86 ... aber mein Zählen nützt nichts. Je mehr Angst du davor hast, nicht schlafen zu können, desto schlimmer wird es. Was ist bloß los mit ihm? Warum meldet er sich nicht? Wie eine Süchtige komme ich mir vor. Die Sucht nach IHM, die Sucht nach Konversation mit ihm hat mich übermannt.

Die Kinder schlafen bereits tief und fest, ich höre ihren Atem ruhig und gleichmäßig. Friedlich und zufrieden schlafen möchte ich auch wieder können, stattdessen rattert jetzt mein Gehirn. So gut bin ich mit ihnen eingeschlafen beim Lauschen der CD. Aber jetzt gehen mir wieder so viele Gedanken durch den Kopf und halten mich wach.

Seit Wochen gelingt es mir kaum noch durchzuschlafen. Nicht erst seit heute. Schlafentzug ist die reinste Folter. Ich bin verwirrt und vergesslich.

Heute geht es mir noch schlechter, da ich nicht nur meine Alltagssorgen habe, sondern auch so dringend auf ein Lebenszeichen von ihm hoffe. Ich schlage die Decke zurück, stehe auf und sehe aus dem Fenster auf das gegenüberliegende Nachbarhaus. Dort brennt kein Licht mehr, die ganze Straße ist nur schwach beleuchtet. Es ist noch gar nicht so spät, aber hier draußen schlafen anscheinend alle schon! Ich habe völlig vergessen, wie sich Stille anfühlt. Ganz anders spielt es sich in Wien ab, dort gehen die Lichter niemals aus. Wien ist lebendig, die Stadt ist voller Geräusche, voller Menschen. Ich dachte, hier zu Hause, auf dem Land, würde es mir besser gehen. Nur nützt die ganze Ruhe von außen nichts, wenn sich in meinem Kopf alles dreht, wenn die inneren Stimmen mich nicht zur Ruhe kommen lassen. Sogar in meinen Träumen verfolgen mich meine Sorgen.

Ich gehe wieder zurück in mein Bett und versuche erneut mein Glück und schließe die Augen.

Warum schreibt er bloß nicht, was ist der Grund? Ich hoffe, es ist ihm nichts zugestoßen! Das passt doch gar nicht zu ihm. Er ist doch sonst so zuverlässig.

Zum wiederholten Male nehme ich mein Handy zur Hand und rolle die SMS durch. Alles wie immer. Keine Anzeichen zu erkennen. … Nachdem er nicht mehr geschrieben hat, habe ich ihn angerufen. Aber außer seiner Mailbox ging niemand ran. Soll ich es noch einmal probieren, nur um seine Stimme zu hören? Hat er eine andere kennengelernt?! Wo ist er jetzt gerade? Ich bin nicht da. Er kann schließlich machen, was er will. Und plumps … ich befinde mich schon mittendrin in meinem ganz persönlichen Fragenkarussell. Es wird mir jetzt so richtig bewusst, wie wichtig er für mich geworden ist. Wie sehr er mittlerweile einen Platz in meinem Leben hat. Was wäre ohne ihn? Trübsal, Langeweile, eine Leere. Schleichend hat er von mir Besitz ergriffen. Er hat nicht lockergelassen, nicht aufgegeben. Seit Monaten schreiben wir uns. Ich halte ihn jedoch hin. Ich habe versucht, das Ganze zu beenden, doch es ist mir nicht gelungen.

Meine Angst davor, eine endgültige Entscheidung zu treffen, ist groß. Es ist für mich nicht so einfach, jemandem so intensiv zu vertrauen, dass ich mich fallen lassen kann, dass ich mein gesamtes bisheriges Leben aufgebe. Alles, was ich mir aufgebaut habe. Ich blicke zurück auf die letzten Jahre. So viele Stunden habe ich gearbeitet, anstatt die kostbare Zeit mit den Kindern zu verbringen. Ich wollte Geld verdienen. Sonntagsdienste, Nachtdienste … Aber wozu? Ich bin einem klassischen Idealbild aus dem Katalog hinterhergelaufen. Kinder, Haus, Garten. Ja, das Haus, dieses wunderbare Haus.

Wo und wie habe ich in den letzten Jahren eigentlich wirklich gelebt? Diese ganzen materiellen Anschaffungen waren reine Ablenkung. Eine Ablenkung, um nicht auf meine anstrengende Beziehung blicken zu müssen.

Aber jetzt bin ich müde von dem Theater, von den ewigen Diskussionen und Streitereien. Mein Körper zeigt immer öfter an, dass er erschöpft ist. So oft wie momentan war ich noch nie krank!

Ich möchte glücklich sein. Meine Erfüllung finde ich nicht in meiner Ehe und nicht im Beruf, zumindest nicht in diesem, das ist nur sicheres Geld und das alleine macht nicht glücklich, wie ich bemerke.

Ich möchte lachen, lieben und so geliebt werden, wie ich bin. Hemmungslos und leidenschaftlich. Einfach Leben! Wie lange hat man Zeit zu leben? Das weiß keiner von uns. Vergeude ich meine Zeit? Meine kostbare Lebenszeit?

Hoffentlich habe ich ihn nicht zu lange hingehalten. Eine Mutter von zwei Kindern, noch dazu Zwillingen, verheiratet. Wie lange wird er noch warten können, bis ich mich für ein Leben mit ihm entscheide?

Oder hat er nun selbst Angst bekommen? Wenn ich mich nicht zu ihm bekenne, dann wird er sein Leben mit jemand anderem verbringen, irgendwann, das ist ganz klar. Das ertrage ich nicht, wie ich soeben bemerke. Mir wird übel.

Meine Fantasie geht mit mir durch. Ich stell mir vor, wie er mit einer anderen Frau glücklich wird, und das tut verdammt weh. Wenn ich es nicht versuche, werde ich als alte, frustrierte Schachtel enden, die sich ewig fragen wird, wie es gewesen wäre.

Er sieht so gut aus, groß, stattlich, schöne, lockige schwarze Haare, seine Augen in einem wunderbaren Braun. Sie blitzen schelmisch wie bei einem verschmitzten Jungen. Voller Tatendrang und Lebensfreude. Ich wusste bis zu dem Zeitpunkt als ich ihn traf, nicht, dass mein Traummann so aussieht! Aber vor allem ist er so unterhaltsam, so klug. Er kann sich sehr gut ausdrücken, wir verstehen einander und reden ohne Unterlass. Er hat ein unglaubliches Allgemeinwissen.

Er ist beliebt und wird von anderen Frauen umworben, das habe ich bereits mitbekommen. Er hat sich in mich verliebt, sagt er, schreibt er, flüstert er mir zärtlich in mein Ohr. Ja, so weit ist es schon. Das erste Mal ist es ihm am Ende eines Telefonates so rausgerutscht. „Ich liebe dich!“ Danach war Stille, ich war so gerührt. Ich dachte, ich höre nicht richtig. Seitdem wurde es intensiver, noch direkter. Kann ich ihm vertrauen? Warum sollte er lügen? Ich habe so viel zu verlieren. Mut, ich muss mutiger werden. Vertrauen ist mutig sein.

Jetzt ist er seit Stunden nicht erreichbar. Letzte eingegangene Nachricht um 17:24 Uhr. Ich habe mich so gefreut, mit ihm zu simsen, ohne ständig Angst haben zu müssen, dass mein Mann das liest, und dann so etwas. Sendepause! Soll ich mir Sorgen machen oder mich einfach nur ärgern?

Ich habe ihm geschrieben, dass ich mit den Kindern zu meinen Eltern aufs Land fahre, um ein wenig Abstand von zu Hause zu bekommen. Meine Eltern waren zwar überrascht über unseren spontanen Besuch, haben sich aber auch gefreut und uns herzlichst empfangen. Die schlechte Stimmung zu Hause in Wien war nicht mehr zu ertragen. Während der Autofahrt simsten wir nicht miteinander und dann, als ich endlich Zeit dafür hatte, kommt keine Antwort mehr von ihm!

Das passiert, wenn man heimlich liebt. Hoffentlich geht es ihm gut! Stößt dem anderen etwas zu, wie erfährt man das dann bitteschön?

Keiner weiß es, niemand ahnt etwas, wir haben es niemandem erzählt, zumindest ich nicht.

Ist es nur ein Flirt, flirtet er nur mit mir? Dann wäre es aber ein langer Flirt. Bin ich tatsächlich so begehrenswert oder nur eine Beute für den Jäger? Kaum erlegt, Herz herausgerissen und die nächste … Ich fühle mich wie ein Teenager, der das erste Mal verliebt ist. So richtig! Schmetterlinge im Bauch, nervös, verträumt, aufgeregt, rundherum ist nichts mehr so wichtig.

Dieses Gefühl der Verliebtheit sollte man einfrieren können und bei Bedarf wieder auftauen. Es ist herrlich verjüngend!

Er sagt, ich sehe umwerfend aus. Er sieht mich an von oben bis unten und mir wird heiß. Er gibt mir das Gefühl, eine schöne Frau zu sein, begehrenswert und sinnlich. Ich habe wirklich Glück mit meiner Figur. Obwohl ich kaum Sport treibe, habe ich eine sportliche Figur. Aber eigentlich ist das Leben mit Zwillingssöhnen ohnehin ein täglicher Marathon. Ich streichle mir über meinen „Nicht"-Bauch und bin zufrieden. Gut, ich liege auf dem Rücken, da ist alles flach. Also, über die Brüste streicheln lasse ich jetzt lieber bleiben, die sind in diesem Fall nämlich genauso platt ...

Ein Leben mit ihm an meiner Seite wäre komplett anders. Voller Liebe und Zuneigung. So stelle ich es mir zumindest vor. Schade, dass wir uns nicht schon früher kennengelernt haben. In unseren Gesprächen haben wir herausgefunden, dass wir als Jugendliche anscheinend öfter am selben Ort gewesen sein müssten. Wir besuchten die gleichen Lokale in Wien. Ich war bereits als junges Mädchen oft in unserer Hauptstadt unterwegs und habe bei unserer „Wiener Oma" in der Nähe des Naschmarktes im sechsten Bezirk übernachtet. Das P1 oder das Nachtwerk und das U4 waren meine Stammlokale, ebenso wie seine. Aber nie haben wir uns getroffen oder uns wahrgenommen.

Wir haben festgestellt, dass wir sogar als Kinder zeitweise am selben Ort waren. Als der Papst 1983 Österreich besuchte, war er mit seinen Eltern dort, so wie ich auch. Wir konnten uns beide erinnern, dass es die ganze Zeit geregnet hatte.

Oder er wurde, genau wie ich auch, auf ein Lerncamp am Mondsee geschickt! (Was uns beiden schulisch leider nichts gebracht hat!) Dort hat man gelernt, Cola mit Rum zu trinken oder mit Zunge zu küssen, statt Englisch und Mathematik.

Auch dort waren wir anscheinend zu unterschiedlichen Zeiten. Er war genauso wie ich Patient in der Kinderzahnklinik in Wien und wurde ebenso wie ich mit einer grausigen Zahnspange ausgestattet.

Vielleicht lagen wir ja dort in dieser Halle, wo mehrere Behandlungssessel standen, nebeneinander mit geöffneten Mündern oder mussten uns nebeneinander die Zähne putzen, bis die rote Farbe verschwunden war? Bei dem Gedanken muss ich schmunzeln.

Anscheinend sollte es nicht sein. Unsere Wege haben sich erst jetzt gekreuzt. Jetzt, wo wir unser halbes Leben schon hinter uns haben. Jetzt, wo wir bereits jeder eine Familie haben.

Wir würden so vielen Menschen weh tun, vor allem ich würde viele Menschen verletzten, wenn ich mich für ihn entscheide. Meinen Mann und meine Kinder würden wir aus ihrem gewohnten Leben, aus ihrem Alltag reißen. Würden sie mich dafür hassen?

Er hatte schon einen Schlussstrich bei seiner Freundin gezogen. Er wohnte bereits alleine. Den wahren Grund nannte er ihr zwar noch nicht, aber immerhin hatte er die Beziehung beendet. Er wollte mir signalisieren, dass es ihm ernst sei. Sollte er ewig nur meine heimliche Liebe sein?

Wie oft hört man bitte, dass Eheleute fremd gehen! Heimlich und hinter aller Rücken zwei Mal die Woche mit jemand anderem vögeln. Im Stundenhotel in Wien oder im Autokino?

Natürlich habe ich darüber nachgedacht. Natürlich! Ich bin ja keine Nonne! Ich habe Lust, große Lust, aber wäre das auf Dauer eine wirklich befriedigende Lösung? Für mich nicht.

Das ist noch grausamer, unfairer. Du vögelst mit einem und kommst nach Hause. Mein Mann möchte doch auch mit mir schlafen. Also müsste ich mit zwei Männern gleichzeitig Sex haben. Das schaffe ich nicht. Es ist schon schwer genug, mit jemandem Sex zu haben und einen anderen zu lieben. Aber mit beiden schlafen?

Ich muss es meinem Mann sagen. Wozu seine Zeit vergeuden, etwas vorspielen, was gar nicht ist. Er hat es doch auch verdient, geliebt zu werden von jemandem, der es ehrlich mit ihm meint. Aber wie würde er reagieren? Würde er toben oder beleidigt sein, gekränkt, sein Stolz verletzt? Würde er womöglich ausrasten? Durchdrehen? Oder eher schmollend, im Selbstmitleid badend sich zurückziehen? Wie würde ich reagieren, wenn ich wüsste, dass mein Mann eine andere liebt? Ich habe eine solche Sehnsucht. Ich möchte ihm endlich näherkommen. So richtig.

Wir hatten bis jetzt höchstens unsere Oberkörper berührt. Gut, ein wenig geschmust haben wir schon. Ein wenig war untertrieben. „Darf ich dich jetzt endlich küssen?“, fragte er mich im Lokal. Nach zwei Gin Tonic waren wir mutig genug.

Ich nickte schüchtern. Er beugte sich zu mir runter und unsere Lippen berührten sich zum ersten Mal zärtlich. Ganz sanft zuerst, dann heftiger. Wir rückten enger zusammen, er zog mich an sich und seine Zunge fand den Weg in meinem Mund. Ich kann mich noch so gut erinnern. Immer wieder denke ich daran. Es war, als ob mein Körper explodieren würde. Ich war so erregt. Sein Duft, seine Wärme, die sanfte, aber fordernde Berührung seiner Hände auf meinem Rücken.

„Darf ich jetzt bitte kassieren? Schichtwechsel!“, unterbrach uns da plötzlich eine weibliche Stimme.

Verdammt! Hatte die blöde Kuh doch tatsächlich unseren ersten Kuss unterbrochen! Wir waren wie auf Wolken, er hätte wahrscheinlich alles bezahlt, nur damit die Kellnerin endlich wieder verschwand. Als sie weg ging, war anfangs ein wenig die Spannung fort. Aber er näherte sich erneut meinem Gesicht und wir küssten uns von Neuem. Diesmal ohne die erste schüchterne Zurückhaltung, sondern gleich fordernd und stürmisch.

Es war der Wahnsinn. Wir verließen das Lokal und machten im Auto weiter. Wir erforschten unsere Körper so weit es eben ging in einem Auto, geparkt im ersten Wiener Gemeindebezirk, umgeben von Menschen. Wenn uns jemand gesehen hätte! Vielleicht machte das Gefühl, etwas Verbotenes zu tun, alles noch spannender. Bei dem Gedanken daran spüre ich wieder dieses Ziehen im Bauch. Dieses Kribbeln in meinen Füßen machte mich ganz verrückt vor Lust! In meinem Körper tanzten tausend Schmetterlinge und mein Herz schlug doppelt so schnell wie sonst. Ach! Die Erinnerung daran erregt mich noch immer. Am liebsten hätte ich mich auf ihn gestürzt und uns beide erlöst.

Stattdessen hielten wir uns zurück, nachdem er meine Brüste mit seinen Händen liebkost hatte und ich seine eindeutige Erregung durch seine Hose spürte. Schwer atmend unterbrachen wir uns, zwangen uns aufzuhören, denn ich kann einfach nicht zweigleisig fahren. Das schaffe ich nicht. Meinen Körper kann ich noch, einigermaßen steuern, mein Herz überhaupt nicht mehr. Ich spüre wie ich mich immer mehr in ihn verliebe.

Mein Herz macht, was es möchte, es ist hin und weg. Aber solange ich noch halbwegs kann, beherrsche ich mich zumindest körperlich. Vielleicht ist das der Fehler? Vielleicht kann er nicht mehr warten, hat Bedürfnisse, die ich ihm nicht gestillt habe?

Was muss er sich eigentlich über mich denken? Er weiß nie, ob ich mit meinem Mann schlafe. Er fragt auch nicht danach. Vielleicht vögelt er gerade eine andere? Wo ist er jetzt bloß?

Ich stehe erneut auf und gehe unruhig hin und her in dem kleinen Dachgeschosszimmer, das einmal mein Kinderzimmer war und wo jetzt meine Kinder mit mir übernachten. Ich beruhige mich und schiebe die sexuellen Fantasien zur Seite.

Schon eigenartig, ich fühle mich hier auch wie ein Kind, aber eigentlich bin ich eine junge Frau, selbst bereits seit zehn Jahren Mutter. Doch unten schlafen meine Eltern und deren Kind werde ich immer sein, immer. Man spielt viele Rollen in einem Leben.

Dieses Sofa, auf dem meine Kinder jetzt schlafen, ach, was hat das schon mitgemacht? Das bleibt mein Geheimnis. Früher, als ich noch ein Teenager war, hatte ich nicht solche Hemmungen davor, mehreren Jungs gleichzeitig den Kopf zu verdrehen. Bis mir eines Tages das Herz gebrochen wurde, danach wurde ich achtsamer. Es tat damals verdammt weh. Er ging fremd und hatte es nicht der Mühe wert gefunden mich darüber zu informieren. Obwohl wir so jung waren, keine Kinder, keine Verpflichtungen hatten, beendete er die Beziehung zu mir nicht, sondern blieb mit mir zusammen und bumste fröhlich eine andere. Ich verstehe bis heute nicht, wieso er das gemacht hat. Ich denke, dass ich daher den letzten Schritt nicht machen kann. Weil ich weiß, wie weh das tut. Ich lege mich wieder in mein Bett, kuschle mich in meine Decke und versuche erneut zu schlafen, aber verdammt ich kann nicht. Wo war ich? 70, 69, 68, 67, 66, 65, 64, ...

Liebe ich meinen Mann noch? So sehr, dass ich weiterhin viele Jahre mit ihm verbringen möchte? So sehr, dass ich es aushalte, bis die Kinder groß sind? Wie groß, wie alt müssen sie sein, dass sie eine Trennung verkraften? Wie alt bin ich dann?

„Aushalte", wie das klingt. Wenn ich eine Partnerschaft „aushalten" muss, dann kannst du es doch ohnehin vergessen. Die Jahre ziehen so schnell vorüber, überhaupt seit ich Kinder habe, kommt es mir vor, als ob eine Stunde nur noch aus dreißig Minuten bestünde, nicht aus sechzig. Rund um meine Augen bilden sich die ersten Falten und erst auf meiner Stirn spielt es sich ab!

Zwischen den Augen, oberhalb der Nase, da ist so eine „Nachdenkfalte". Ich massiere sie jeden Abend mit Olivencreme und hoffe, dass sie nicht noch tiefer wird und sich der Schmutz darin sammelt.

Aber ich mag meine Falten lieber als meine Pubertätsakne. Mit 13 bekam ich eine fixe Zahnspange und mit 14,5, glaube ich, Akne. Mit 17 schluckte ich die verdammte Pille, nicht nur, um nicht schwanger zu werden (die Gefahr bestand ja gar nicht!), sondern um diese Wimmerl los zu bekommen. Mit 17,5 war ich endlich schön und entjungfert. Ich sehe auf das Sofa und muss lächeln. Du meine Güte, ist das schon lange her. Wieso entsorgen meine Eltern dieses alte Teil nicht endlich?

Das Aussehen von Robert hat sich im Laufe unserer Ehe leider negativ verändert, das klingt jetzt oberflächlich und gemein. Aber mal ehrlich, die meisten Frauen halten sich einfach besser, zumindest einigermaßen, zumindest in meinem Bekanntenkreis. Sogar die, welche Kinder bekamen.

Robert hat mir doch tatsächlich nach der Geburt der Zwillinge als Willkommensgeschenk neue sexy Spitzenunterwäsche aufs Bett gelegt! Der Kühlschrank war leer, mein Magen knurrte, dafür hatte ich sexy Unterwäsche. Am liebsten hätte ich ihm damals den Stringtanga in den Mund gestopft! Ich hatte gerade Zwillinge auf die Welt gebracht und war froh über eine große Baumwollunterhose, gefüllt mit einer fetten Binde! Da möchte man keinen Stringtanga anziehen!

Mein Bauch war nicht nach fünf Tagen auf seine Originalgröße geschrumpft, sondern hing noch etwas orientierungslos an mir rum. Meine Brüste waren groß wie Melonen, nur leider vorne undicht! Auf diese empfindlichen, wunden Brustwarzen durfte doch keine Spitze ran, sondern nur weiche Stilleinlagen.

Das war das einzige Mal in meinem Leben, dass ich meine Figur so richtig hässlich fand, und gleichzeitig war es auch das einzige Mal in meinem Leben, dass Männer mir beim Sprechen nicht in meine Augen sahen, sondern auf meine Brüste! Danke, darauf kann ich verzichten.

Man sollte im Krankenhaus Broschüren an Väter verteilen mit dem Titel: „Gebrauchsanweisung für frisch gebärende Mütter!“

Viele Männer werden mit zunehmendem Alter leider nicht schöner. Die Bäuche wachsen, so mancher bekommt größere Brüste als seine Partnerin. Ich frage mich bei manchen Exemplaren, ob sie ihr Spatzi noch sehen. Wie sie pinkeln und an alles andere möchte ich ja gar nicht erst denken. Wenn Männer nebeneinander am Pissoir stehen, sehen sie dann zu den anderen rüber? Ich habe gehört, ja! Sie schließen dort sogar Freundschaften!

Während ihnen am Kopf die Haare ausgehen, werden sie überall anders mehr. Am Rücken, in den Ohren und in der Nase ... Sie sind wirklich arme Wesen, sie können ja schließlich nichts dafür! Selbst die Augenbrauenhaare werden lang und wuschelig, wie bei meinem Arbeitskollegen. Da möchte ich am liebsten immer mit der Schere daran herumschneiden (Sie hängen ihm in die Wimpern rein, wenn er blinzelt muss das doch weh tun!).

Was habe ich nur für verrückte Gedanken! Stopp jetzt!

Doch ich grüble weiter über Haare. Das lenkt mich davon ab, mir Sorgen um ihn zu machen.

Vor einigen Jahren versuchte ich die Haare auf dem Rücken meines Mannes zu entfernen, doch ohne Erfolg, jetzt muss ich grinsen. Genau! Denke an lustige Sachen, Frederike, raus aus dem Karussell des Trübsinns.

Es war so gemein! Ich habe es mit einem Wachsstreifen aus der Drogerie versucht und das Resultat war eine entzündete, eitrige Kraterlandschaft auf seinem Rücken. Da gehörte dann schon allerhand Überwindung dazu, ihm diese einzucremen! Heute gibt es ja die Lasertechnik, aber damals kannten wir das noch nicht.

Aufgrund meiner Dauermüdigkeit und Überforderung durch die Zwillinge bin ich bestimmt auch nicht immer die netteste Frau für ihn gewesen. Hätte er mich nicht etwas mehr unterstützen können?

Zuhause mit anpacken? Die Zwillinge waren anfangs so anstrengend! Ich musste ständig improvisieren, um neue Möglichkeiten zu erfinden, um mein Leben mit den Zwergen zu erleichtern. Am besten gefällt mir mein Trick mit der Ikea-Tasche! Wir wohnten damals in einer Wohnung im dritten Stock ohne Aufzug. Ich stand im Erdgeschoss mit Einkauf und zwei Babys. Ikea hat für alles eine Lösung! In diesem Fall half mir die berühmte blaue Tasche. Beide Babys in die Tasche rein, Einkauf im Rucksack am Rücken und Treppen rauf, Hauruck! Der positive Nebeneffekt war, dass mein Bauch schneller weg war, als ich mir erträumt hatte! Fantastisch. Ich wurde schlanker und schlanker, Robert dicker und dicker!

Ich bin ein schlechter Mensch, denke nur an das Negative. Es war auch schön, zwischendurch … Aber er ist eben leider nicht so klug, wie ich es mir von meinem Partner vorstelle, wie ich es jetzt mit über Dreißig bräuchte. Ich verstehe ihn oft nicht. Wenn wir miteinander sprechen, reden wir aneinander vorbei. Es ist, als ob jeder von uns eine andere Sprache benutzt. Ich bin dann oft so verwirrt, dass ich aufgebe. Schlimm ist auch, dass ich mich manchmal vor anderen für ihn geniere. Das ist wirklich kein gutes Zeichen.

Was weißt du schon mit 23? Er war zu diesem Zeitpunkt einfach da. Purzelte in mein Leben. Dass er kein Geld hatte, keine Ausbildung, keinen Führerschein, all das störte mich zu diesem Zeitpunkt nicht. Er sah damals einfach verdammt gut aus und konnte mich um den Finger wickeln. Er hat mir Frühstück gemacht! Welch Sensation! Er hat Staub gesaugt! Und ich war beeindruckt! Zuvor war ich schon so oft enttäuscht worden. Er hatte also leichtes Spiel, wenn ich es rückwirkend betrachte. Bevor ich Robert kennenlernte, man glaubt es ja kaum, bin ich ja noch größeren Vollidioten begegnet! Mit 22 war ich dann endlich mal so ein richtiger Single, eine Singeline (der Single, die Singeline).

Anstatt aber zu beschließen alleine zu sein und mich auf mich zu konzentrieren, suchte ich noch intensiver nach einem Partner. Komisch, dass man mit 22 verzweifelt nach einem Partner sucht? War ich verrückt? Wozu? Ich war so jung. Hatte ich kein Selbstbewusstsein? Wieso konnte ich denn nicht alleine sein? Ich hätte eine Reise machen und mir die Welt ansehen können! Oder ist das der beste Zeitpunkt um sich fortzupflanzen und dein Gehirn sendet dir, ohne dass du es mitbekommst geheime Botschaften wie: „Kinder bekommen, Fortpflanzen, nimm ihn, das wird schon, Hauptsache schwanger, der passt schon. Wozu studieren auf der Uni? Du musst dich reproduzieren!

Rrrrrrrr!!! Das soll schon Maria Theresia einer ihrer Töchter geschrieben haben, als sich diese über ihren Ehemann beschwerte. „Reproduziere dich!" Igitt! Mir hat das ja niemand vorgeschrieben. Mein Mann ist kein Kaiser, Fürst oder König. Meine Eltern waren, glaube ich, ohnehin ein wenig sprachlos als sie ihn kennenlernten. Dass ich mich so schnell fortpflanze, haben sie sich nicht für mich gewünscht.

Aber wer fragt schon seine Eltern, wenn es um die Partnerwahl geht? Und was sollen Eltern von drei Töchtern überhaupt noch sagen? Die haben genug mit uns mitgemacht.

Meine Gedanken drehen sich im Kreis. Fakt ist, ich liege hier und jetzt im Elternhaus und möchte eigentlich „fremd" simsen und kann nicht, da mir der dazugehörige Simser abhandengekommen ist. Na bravo! 34 Jahre alt, zwei Kinder, verheiratet, Haus gebaut, Garten angelegt. Gratuliere, du hast es geschafft, Frederike. Aber fremd simsen bekommst du nicht hin.

Ein erneuter Blick aufs Handy. **23:29 Uhr.** Nein, immer noch nichts. Soll ich ihm noch etwas schreiben? Wie sieht das denn aus? Wie eine Oberklammerin? Aber bisher haben wir locker hin und her geschrieben oder telefoniert.

Bisher war alles so leicht, ohne diese berühmten Zweifel. Ich konnte ihm schreiben, was mir gerade einfiel, ich konnte einfach ich sein. Seine Zeilen brachten mich zum Lachen, nein, bringen mich zum Lachen, sie berühren mein Herz, meine Seele. So hat noch niemand mit mir geredet. Er hat mich mit seiner Sprache erobert. Das hätte ich mir nicht vorstellen können, dass Sprache so wichtig ist, so elementar. Ich reagiere auf seine Botschaften auch mit Gedanken, welche ich nicht wusste, dass ich sie hatte. So muss es sein, so fühlt sich Verbundenheit an. Er holt das Beste aus mir heraus.

Er fehlt mir so! Meine Unterhaltung mit ihm fehlt mir so sehr, ich verkümmere ohne diesen Witz, diesen Schmäh! Ich ziehe mir die Decke über den Kopf, aber es hilft nichts, ich schlafe nicht ein. Jetzt ist mir auch noch heiß. Wenn ich könnte, würde ich lesen, das lenkt ab und macht müde. Aber wenn ich das Licht einschalte, wecke ich die Kinder auf. Bloß das nicht, ich bin froh, wenn sie schlafen. Ich liebe sie, aber zeitweise machen sie mich fertig! Wie soll das bloß funktionieren?

Diese beiden zehnjährigen Quälgeister hält man an manchen Tagen kaum aus. Wir, ihre Eltern, sind blutsverwandt, wir müssen mit ihnen irgendwie auskommen, aber er, er ist es nicht, wie soll das gut gehen? Wie werden sie sich alle vertragen? Wie werden seine Kinder mit mir umgehen? Werden sie mich akzeptieren? Er hat sich vor fünf Jahren scheiden lassen. Seine Exfrau ist mit den Kindern aus dem Haus ausgezogen. Gott sei Dank bin ich nicht der Grund für seine Scheidung. Er ist es bei mir schon, wäre es, besser gesagt. Wie soll das alles überhaupt umzusetzen sein? Vergiss es. Das ist doch viel zu kompliziert!

Er meldet sich nicht, wozu also nachdenken über ein Leben mit ihm an meiner Seite, wenn er sich gottverdammt nicht meldet! Warum nachdenken, darüber, wie es wäre, täglich neben ihm aufzuwachen? Wie ein Leben mit ihm wäre?

Wer sich auch nicht rührt, ist mein Mann. Er hat den Kindern bei der Abfahrt brav gewinkt und genießt nun wahrscheinlich die Ruhe zu Hause. Oder er schmollt und ist gekränkt, weil ich ohne ihn gefahren bin. Wenn er sich ungerecht behandelt fühlt, dann schweigt er erstmal, und ihm widerfahren ständig nur Ungerechtigkeiten. Es gibt so Menschen, die sind immer das Opfer und alle anderen sind schuld.

Unsere Ehe ist daher seit Monaten eine Schweigeminute gereiht an die nächste. Wir schweigen und wenn wir reden, dann über die Kinder oder das Haus. Vielleicht zieht er sich aber auch genüsslich am Computer Pornos rein. Er ist nämlich nicht nur etwas einfältig, sondern, wie ich später herausgefunden habe, auch pervers. Zuerst fiel es mir am Handy auf, da waren seltsame Fotos zu entdecken ... Oh mein Gott jetzt habe ich Bilder im Kopf! Nicht daran denken, nicht daran denken! Aber zu spät! Wäh!

Nachdem mir beim Surfen im Netz ständig Pornoartikel angeboten wurden, wurde ich misstrauisch. Ich entdeckte auf unserem Computer im Internetverlauf lauter Pornoseiten. Tja, das passiert, wenn man einen Computer gemeinsam benutzt. Das war aber zu einer Zeit, in der wir, meiner Meinung nach, guten Sex hatten.

Die schlimmste Sache allerdings war, dass ich zufällig mit ansehen musste wie er sich beim Anblick von so jungen Mädchen auf einer Pornoseite einen abgefackelt hat. Ich war sehr gekränkt. Nicht nur, dass er selbst echt keine Augenweide mehr ist, er steht anscheinend auf junge Mädchen mit dicken, falschen Brüsten die verführerisch ihre aufgespritzten Lippen um die Leibesmitte eines ebenso künstlich durchtrainierten Mannes legen. „Jaaaa, gut so, mach es mir!"

So eine Sau. Ich stand damals in unserem Garten mit der Gartenschere in der Hand und sah es zufällig durchs Fenster. Diese Erinnerung macht mich noch immer wütend. Es verletzte mich sehr. Am liebsten hätte ich mit der Gartenschere etwas anderes geschnitten als die Sträucher! Anstatt sich um seine Frau zu bemühen, die Sex liebt, ja, ich liebe Sex, stattdessen sieht Mann einfach einen grausigen Porno an und holt sich dabei einen runter! Eine halbe Stunde nach meiner ekelhaften Beobachtung kam der abgepumpte Mann dann in den Garten, um sogenannte Rasenkanten zu versetzen. Ich mähte in der Zwischenzeit den Rasen und schob, innerlich noch immer kochend, wild den Rasenmäher über das viel zu hohe Gras.

Der Masturbator hockte da am Boden und wirkte völlig zufrieden, was ja kein Wunder war. Bei seinem Anblick ereilten mich schlimme Gedanken. Ich wünschte ihm nichts Gutes, sondern verfluchte ihn aufs Schlimmste. Was sollte ich tun, ihn anschreien, konfrontieren mit seinen Ferkeleien! Hier und jetzt, im Garten? Besaß er eigentlich irgendeinen Anstand? Die Kinder hätten ihn doch ebenso erwischen können! Machte er das öfters? Und klebt sein Sperma etwa auf der Tastatur?

Plötzlich hörte ich einen Knacks, Kawummm! Ein Stein in der Wiese wurde durch den Rasenmäher fortgeschleudert. Zuerst machte ich mir noch Sorgen darüber, dass ich das Gerät nun endgültig massakriert hatte, aber plötzlich sah ich wie der große schwere Robert, gerade noch hockend vor der Rasenkante, langsam auf die Seite kippte!

Ehe ich noch begriff, was geschehen war, rief der damals erst achtjährige Klaus, der gerade aus dem Haus kam, ganz aufgeregt: „Der Papa blutet, komm schnell her, der Papa blutet!"

Erschrocken lief ich zu ihnen. Da lag er, der Masturbator, ohnmächtig auf dem Rasen! Dann funktionierten wir wie automatisch unter Schock. Rasch rief ich die Rettung an und schickte Klaus, um Geschirrtücher und eine Eispackung zu holen. Wenigstens weiß ich jetzt, dass die Kinder in Notsituationen folgen und ohne die übliche Diskussion („Wieso ich, warum nicht er, oder gleeeicch, waaarte.") Befehle ausführen. Wie bei der Feuerwehr. Zack, zack, ich bin der Kommandant! Sein Bruder Clemens wurde durch den Lärm aus seinem Zimmer gelockt und stand ebenfalls schockiert neben mir und starrte seinen Papa an.

Während die nette Dame am Telefon genaueste Anweisungen gab, wie wir die Blutung auf seiner Schläfe stillen sollten, erwachte Robert stöhnend wieder und konnte sich sogar auf die Gartenliege hieven. Ich war so erleichtert! Ich hatte zwar Mordgedanken, aber dass ich über solche magischen Kräfte verfügte, war mir ungeheuer! Er wurde ins Spital gebracht und als ich mit den Jungs später auch eintraf und das Aufnahmeformular ausfüllte, auf welchem wir den Unfallhergang beschreiben sollten, meinte die Ärztin nur, ein bisserl weiter rechts und das hätte schlimmer ausgehen können!

Sie sah mich dann so seltsam an, ich bildete mir das sicher ein, aber ich glaube, sie hat ein wenig gegrinst. Verstohlen blickte ich auf Roberts Jogginghose (ich finde Männer in Jogginghosen übrigens grauenhaft) und entdeckte Gott sei Dank keine Spermaflecken, sondern nur Blut aufgrund seines Unfalls. Er blieb dann noch eine Nacht zur Beobachtung im Krankenhaus und wir hatten sturmfreie Bude! Seit diesem Zeitpunkt verlassen alle schlagartig den Garten, wenn ich den Rasenmäher in Betreib nehme.

Diese vielen Gedanken machen noch irre! **23:45** Uhr. Es hat doch keinen Sinn, ich kann einfach nicht schlafen. Daher stehe ich leise auf, ziehe mir meinen kuscheligen braunen Bademantel an, der mich umhüllt wie ein Bär, und gehe aus dem Zimmer. Geräuschlos und vorsichtig, bloß niemanden wecken. Ich schleiche mich auf Zehenspitzen die Treppen hinunter ins Erdgeschoss, überquere den Gang und erreiche mein Ziel, die Küche. Oh, wie ich diese Küche mag! Sie ist für mich perfekt. Dieser Geruch nach frisch gekochtem Essen. Hier hat unsere Familie unendlich viele Stunden verbracht. Hier wurde gelacht, gekocht, gemeinsam gegessen und auch diskutiert. Nach kurzem Zögern schalte ich doch das Licht ein. Meine Eltern schlafen den Gang hinunter, das wird sie schon nicht aufwecken. Ich brauche Alkohol, das könnte helfen, nur ein wenig. Heute möchte ich wirklich mal etwas trinken. Ich durchforste den Kasten, nichts, danach untersuche ich den Kühlschrank. Mmmhh. Käse und Hartwürste, ohhhhh und vom Tiramisu ist auch noch etwas übrig! Ich freue mich. Das Tiramisu meiner Mutter ist das Beste auf der Welt! Gerade als ich mich mit einem großen Löffel darüber hermachen möchte, öffnet sich die Tür und mein Vater steht, bekleidet mit seinem Pyjama, im Türrahmen.

„Kannst du nicht schlafen, Fredy?“ Er nennt mich manchmal liebevoll Fredy, statt Frederike. Er lacht mich an. „Da werden die anderen aber meckern, wenn es zum Frühstück kein Tiramisu mehr gibt.“

„Möchtest du auch?“, frage ich ihn.

„Nein, danke, so spät esse ich nichts mehr.“

„Habe ich dich geweckt?“

„Nein, nein, schon gut. Ich habe ohnehin noch gelesen und habe dich nur gehört.“

Genüsslich schiebe ich mir einen Löffel köstliches Tiramisu in den Mund. „Mmmhh, einfach ein Genuss!“

Papa setzt sich zu mir an die Kücheninsel. „Möchtest du etwas trinken?“, fragt er mich.

„Gerne, ich habe schon gesucht, aber ich wurde nicht fündig. Gibt es hier in diesem Haus keinen Alkohol mehr?“, plaudere ich ehrlich.

„Ich wollte dir eigentlich ein Glas Milch anbieten, aber ein Gläschen Sekt passt eigentlich auch ganz gut zum Tiramisu. Moment, ich komme gleich wieder“.

Er springt wieder auf und verlässt die Küche. Ich höre, wie er die Kellertüre öffnet. Kurze Zeit später steht er wieder mit einer Flasche Prosecco in der Hand da. „Na, junge Dame, ein Gläschen Prosecco mit Papa?“

„Gerne!“

Wir holen die Gläser aus dem Schrank und er schenkt uns beiden ein. Der Prosecco sprudelt im Glas und mir wird ganz warm ums Herz. Alkohol! Die Allgemeinmedizin für Menschen mit Kummer. Es ist fast Mitternacht und ich esse Tiramisu und trinke Prosecco mit meinem Papa. Das ist gerade wunderschön. „Danke und Prost!“ Wir stoßen mit den Gläsern an und ich trinke genüsslich einen prickelnden Schluck. „Ahhh, der ist gut.“ Zum Teufel mit den Männern, ich habe Papa.

„Ja, Kühlschrank im Keller für die alkoholischen Getränke! Du warst schon länger nicht mehr zu Hause“, berichtet Papa schmunzelnd.

„Oh, da ist mir ja etwas wirklich Wichtiges entgangen.“

Papa trinkt noch einen Schluck, bevor er mich endlich fragt, was ihm schon die ganze Zeit auf der Zunge liegt. „Warum bist du so spontan nach Hause gekommen, Fredy?“

„Ich war lange nicht mehr hier, so, wie du gesagt hast. Es war an der Zeit, wieder einmal die Heimat zu besuchen.“

Papa schaut mich an und nickt nur leicht mit dem Kopf. „Ach, so ist das, ich freue mich jedenfalls wahnsinnig, dass ihr hier seid. Wir kommen zwar oft zu euch, aber es ist etwas anderes, wenn du wieder einmal zu Hause bist. Wie geht es dir sonst so, ich meine privat? Wir hatten ja nicht viel Zeit uns zu unterhalten seitdem ihr angekommen seid.“

„Gut, gut, es läuft alles bestens, die Jungs sind nun in der neuen Schulform gut untergekommen, der Job ist auch ganz ok, ich bin zufrieden“, antworte ich meinem Vater und trinke aus meinem Glas, um ihm nicht in die Augen sehen zu müssen.

„Und wie geht es Robert? Warum ist er nicht mitgekommen?“

AHA, das möchte er wissen! Ich habe es geahnt, dass er sich neugierig fragen wird warum sein Schwiegersohn nicht mitgefahren ist. Mein Vater ist ein ausgefuchster Kerl der schon immer spürt, wenn sich etwas tut, lange bevor meine Mutter überhaupt etwas ahnt. Ich überlege mir eine plausible Antwort.

„Wir teilen uns die Ferien der Kinder auf, Papa, das sind so viele Wochen im Jahr. Die können wir nicht alle gemeinsam verbringen.“

„Können oder wollen?“, meint er keck.

„Papa, wieso sagst du das?“ Ich lache. Er hat ja so recht! Wenn er wüsste, welche Gedanken ich zurzeit habe, was in mir vorgeht. Soll ich es ihm erzählen? Nein, das ist mir viel zu persönlich, zu intim. Was wenn gar nichts dahintersteckt, ich nur verarscht werde, dann wüsste das mein Vater, Gott wie peinlich. Dann müsste er immer daran denken, wenn er Robert auch nur ansieht!

Ich versuche von mir abzulenken und drehe den Spieß um, indem ich ihn nach seinem Wohlbefinden frage: „Was tust du den lieben, langen Tag seit der Pensionierung?“

Sein Gesicht verfinstert sich und er macht einen großen Schluck vom Prosecco. „Trinken!“, lacht er.

Unsere Familie hat anscheinend echt ein Alkoholproblem.

„Das meinst du jetzt nicht ernst.“

„Zuerst habe ich unser Haus auf Vordermann gebracht, alles Handwerkliche erledigt, was seit Jahren schon anstand. Dann haben deine Mutter und ich uns im Flüchtlingsheim engagiert. Wir gaben Deutschunterricht, haben mit den Flüchtlingen Amtswege erledigt und so weiter. Du glaubst ja gar nicht, was für traumatisierte Menschen zu uns nach Österreich kommen. Was sie alles erlebt haben, möchtest du gar nicht wissen. Wir konnten einigen wirklich helfen. Das tat mir auch gut, denn das war einfach sinnvoll. Was tut man denn sonst den ganzen Tag? Doch dann ließ der Flüchtlingsstrom nach und wir wurden nicht mehr gebraucht. Mit ein paar der jungen Leute haben wir weiterhin Kontakt und werden immer für sie da sein.“

„Wow, Papa, das ist ja großartig! Ich hatte keine Ahnung!“ Ich bin gerührt.

„Und als wir unsere Paartherapie hinter uns gebracht haben, denke ich, nein, wir, deine Mutter und ich, also wir denken darüber nach, uns ein Wohnmobil zuzulegen, damit wir ein wenig verreisen, sonst fällt uns die Decke auf den Kopf. Hierher in den Ort kommen im Sommer alle mit dem Wohnmobil angereist, da möchten wir abhauen. Für die Tiere haben wir auch schon eine Pflege organisiert.“

„Hey!“, unterbreche ich. Bei dem Wort Paartherapie bin ich hängen geblieben. „Paartherapie?“, frage ich erstaunt. „Das wusste ich ja gar nicht! Warum eine Therapie? Was ist los?“

Mein Vater schenkt uns Prosecco nach. Also habe ich mich geirrt, er wollte nicht mich aushorchen, sondern er möchte über sich und Mama mit mir sprechen. „Ich habe deine Mutter schlecht behandelt, seit ich in Pension bin. Mir geht das alles hier so auf die Nerven, ich war nur mehr quengelig, launenhaft, depressiv und habe meinen ganzen Frust an ihr ausgelassen. Sie hielt das nicht mehr aus mit mir. Sie litt ebenfalls an Schlaflosigkeit, bekam sogar einen Hautausschlag. Eines Tages stellte sie mich vor die Wahl, entweder ich mache mit ihr eine Therapie oder sie fährt für einen Monat nach Schweden, alleine.“

„Alleine? Cool, das muss schön sein“, spreche ich laut aus, anstatt es mir nur zu denken. Rudi sieht mich sauer an.

„Dazu ist es nicht gekommen, denn ich habe zugestimmt, zu einem Psychologen zu gehen.“

„Sehr gut! Und wie ist das so?“

„Wir gingen nicht zu irgendeinem Psychologen, sondern zu einer Schamanin. Ich dachte, jetzt ist Elisabeth völlig deppert und ich bin bei der ersten Sitzung gleich mal nach fünf Minuten mit der Schamanin in Streit geraten. Wir haben uns angeschrien, danach bin ich aufgesprungen und davongelaufen."

„Was? Du hast Mama dort einfach sitzen gelassen? Wieso? Und was ist überhaupt eine Schamanin? Hat sie dich mit Räucherstäbchen vernebelt?" Ich lache bei der Vorstellung, wie sich das abgespielt haben soll, und verschütte gleich mal Prosecco über mein Tiramisu. Also gut, nicht so viel trinken, Frederike! Papa schenkt mir fürsorglich gleich wieder nach.

„So viele Fragen, eines nach dem anderen! Ja, ich habe Mama sitzen lassen zusammen mit der Schamanin." Mein Papa schmunzelt nun ebenfalls. „Und eine Schamanin ist in unserem Fall eine Frau Namens Brigitte Koch und eigentlich Lebens- und Sozialberaterin mit einer Zusatzausbildung eben. Sie sieht Dinge, die wir nicht sehen, sie macht Familienaufstellungen und so etwas. Es ist schon ein wenig spooky. Sagt dir das etwa gar nichts?", fragt er mich, als ob es selbstverständlich sein müsste, so etwas heutzutage zu kennen. Mein Vater und meine Mutter, das nach außen hin perfekte Paar, hat Probleme.

„Nein, ich kenne so etwas nicht. Aber erzähl, wie ging es weiter, bist du wieder zurückgegangen? Habt ihr um ein Feuer getanzt?"

„Frederike bitte, bleib ernst, das ist nicht lustig! Nachdem ich mich abreagiert hatte und eine Runde gegangen bin, kehrte ich zurück und habe angeläutet. Brigitte öffnete mit roten Flecken im Gesicht, deine Mutter war völlig verheult und sah mich nur bitterböse an. Mein erster Gedanke war, dass wegen mir anscheinend alle Frauen Hautprobleme bekommen. Ich habe mit meiner cholerischen Darbietung Elisabeths Version über mich natürlich völlig bestätigt.

Brigitte war selbst noch nie so unkontrolliert gewesen, meinte sie hinterher und mir war es ein bisschen peinlich, aber nur ein bisschen. Ich habe meine ganze Wut rauslassen können, es war als, ob sich ein dicker Knoten in meiner Brust gelöst hatte und ich wieder Luft bekam. Ich brauchte fünf Sitzungen, damit ich Brigitte überzeugen konnte, dass ich auch nette Seiten habe und nicht nur ein verbitterter, alter Trottel bin, wie deine Mutter mich mittlerweile fast täglich bezeichnete."

„Und wie du dich selbst präsentiert hast", füge ich grinsend hinzu.

„Ja, das stimmt, hahaha, da haben's einen Schock gehabt, die Damen, nein Spaß beiseite, es geht uns jetzt besser und daher haben wir nun vor einfach mal abzuhauen. Das haben wir noch nie gemacht, es wird Zeit! Einfach das Leben genießen, solange man fit ist."

„Recht habt ihr. Warum erfahre ich das eigentlich erst jetzt? Wieso hat mir niemand etwas erzählt?" Ich bin verwundert, denn das muss ja nun schon über längere Zeit so gehen. Ich hatte überhaupt keine Ahnung!

„Wir möchten niemanden mit unseren Problemen belasten, schon gar nicht unsere Kinder. Ihr habt doch selbst so viel zu tun, eure eigenen Familien, eure Arbeit. Nein, nein, das müssen wir Alten schon selbst hinbekommen."

„Da bin ich ganz anderer Meinung, es geht uns sehr wohl etwas an, wenn es unseren Eltern schlecht geht. Dafür ist Familie doch da, oder nicht? Oder sollen wir uns alle nur anlügen und etwas vorgaukeln? Wir sind ja keine fünf mehr, sondern erwachsene Frauen, die auch ein Recht auf Information haben darüber, was sich so bei euch abspielt!", sprudelt es aus mir heraus. „Das werden wir schon aushalten und vielleicht können wir ja irgendwie helfen."

„Na, da redet die Richtige! Prost, auf meine ehrliche und aufrichtige Tochter!“, spuckt mein Vater plötzlich aus. Erstaunt sehe ich ihn an. Also ist er doch so ausgefuchst, wie ich angenommen hatte! „Was meinst du?“, stelle ich unschuldig dreinblickend die Frage. Wir trinken beide wieder einen Schluck Prosecco, Papa vergreift sich nun auch noch am Tiramisu. Na servas, wir werden morgen aussehen, entweder Kopfweh oder Bauchweh.

„Robert hat heute auf dem Festnetz angerufen, er konnte dich am Handy nicht erreichen.“

Ich bekomme plötzlich rote Wangen, das spüre ich. „Oh! Wann?“

„Als du die Jungs ins Bett gebracht hast.“, murmelt mein Vater mit vollem Tiramisu-Mund.

„Und warum erfahre ich das erst jetzt?“

„Du bist ja nicht mehr hinuntergekommen, nachdem du die beiden ins Bett gebracht hast. Ich dachte, du schläfst schon.“

Aha, also kann der Anruf nicht so wichtig gewesen sein, entscheide ich. „Und, was hat er gesagt?“

„Naja, auf meine Frage, warum er denn nicht mitgekommen sei …“

„Was? Das hast du ihn gefragt?!“, unterbreche ich ihn.

„… sagte er jedenfalls nicht, dass ihr euch die Ferienwochen aufteilen müsst, da es sich ansonsten nicht ausgeht“, erzählt mein Vater unbeirrt weiter.

„Aha, spannend. Was hat er denn erzählt?“ Nur mühsam bleibe ich völlig ruhig. Ich spüre, wie meine Hände zu schwitzen beginnen, ein klares Zeichen von Nervosität.

„Er war ganz erstaunt darüber, dass ich nicht wüsste, dass du dir eine Auszeit von ihm genommen hättest! Er sagte, dass du einfach mal *abhauen* wolltest!“ Papa sieht mich fragend an.

„Ah, deshalb hast du mir eure Geschichte erzählt?“

„Nein, nein, das ist wirklich bei uns alles so, ich wollte dir nur die Möglichkeit geben, dich auch mir anzuvertrauen.“

„Hast du es Mama gesagt?“ Das ist im Moment meine größte Sorge, nicht sein verletzter Vaterstolz. Elisabeth dreht immer gleich durch und macht sich so viele Gedanken.

„Keine Sorge, ich wollte zuerst mit dir reden, bevor ich Elisabeth informiere.“

Ich bin fassungslos. Robert ist so ein falscher Hund, so ein Schleimer, von wegen, er hat mich nicht erreicht. Ich hatte die ganze Zeit mein Handy in der Hand! So ein Blödsinn, verpetzen wollte er mich bei meinen Eltern. Waaahhh, wie ich ihn dafür hasse. Diese feige Nuss ruft doch tatsächlich meine Eltern an! Seit wann hat er denn ihre Festnetznummer? Wie im Kindergarten! Was geht das bitte schön meine Eltern an! Ich bin so wütend! Er soll gefälligst seine Sippschaft anrufen und nicht meine belästigen!

Wie oft habe ich zu Hause nächtelang auf ihn gewartet? Wie oft saß ich zu Hause und wusste nicht, wo er war. Irgendwie warte ich oft auf Männer, fällt mir gerade auf. Ich war zusammen mit den Zwillingen regelrecht eingesperrt, schließlich konnte ich die Zwerge nicht alleine lassen. Er kam des Öfteren abends nicht nach Hause.

Wie oft hat er mich da eigentlich angelogen?

Wie oft habe ich in meinen zwanziger Jahren wegen ihm geheult? Er kam in der Früh mit Restalkohol nach Hause und erzählte die verworrensten Geschichten. Am Anfang war ich erleichtert, wenn er einfach wieder da war. Drückte ihm die Kinder in den Arm und war happy, duschen gehen zu können, ohne Angst haben zu müssen, dass sie aus dem Fenster springen.

Ich fand Robert einmal im Gartenhaus seinen Rausch ausschlafen und einmal sogar im Auto auf der Straße. (Was wohl die Nachbarn gedacht haben!) Ich habe diese Ereignisse nie jemandem erzählt, so sehr habe ich mich geschämt. Ich habe nie seine Eltern angerufen!

Wenn wir bei seiner Mutter auf Besuch waren, hat sie ihn immer bemitleidet, wie viel er arbeiten müsse. Ach, der arme Bub. Zwillinge bekommen. Die böse, böse Schwiegertochter, na die hat sie ja geboren. Da hätte ich laut rausschreien müssen: „Was ist mit mir? Ich muss ihn aushalten, dieses verwöhnte Muttersöhnchen!" Ich würde es bei meinen Söhnen besser machen. Schließlich sind wir Frauen es ja, die diese Kerle (v)erziehen! Also, meine Burschen werden anders! Ganz bestimmt!

Irgendwann war ich plötzlich nicht mehr froh, wenn er doch nach Hause kam. Ich träumte davon, dass er eine andere kennenlernte und mich verließ und das Ganze ein Ende gehabt hätte. Ich wäre als die Verlassene dagestanden, ach, wie schön, endlich Ruhe und Frieden.

Aber nichts geschah, er blieb. Die Kinder wurden größer und das Leben dadurch wieder etwas leichter. Das Gefühl jedoch, im Stich gelassen worden zu sein, bleibt in meinem Herzen.

Wütend springe ich vom Hocker, so heftig, dass er umfällt. Das gibt einen lauten Knall!

„Oh, verdammt, tut mir leid! Ich bin nur so, äh, überrascht, warum ruft er euch an? Das ist doch alles nicht wahr!", sage ich etwas zu laut.

Plötzlich steht meine Mutter in der Tür, ganz verschlafen sieht sie aus. „Was ist denn das für ein Lärm hier?"

„Oh, wir haben gerade eine kleine Diskussion", versucht mein Vater uns herauszureden. Meine hysterische Reaktion ist ihm sichtlich unangenehm.

„Habt ihr etwa die ganze Flasche ausgetrunken?"

„Keine Sorge! Es ist noch ein Schluck da. Möchtest du auch?", fragt mein Vater sie.

Mama nickt und setzt sich zu uns.

Papa steht auf und holt noch ein Glas. In der Zwischenzeit hebe ich den Hocker wieder auf und versuche mich wie ein normaler Mensch zu benehmen. So, nun sitzen wir hier schon zu dritt.

Drei Menschen, drei Gläser. Ich blicke auf die Küchenuhr. **01:09** Uhr. Meine Eltern, mir gegenüber, starren mich an. Fehlt nur noch ein starker Scheinwerfer wie bei diesen Verhören im Film. Die Frage ist nur, wer von den beiden ist nun der böse und wer der nette Elternteil?

„Sollten wir nicht alle schlafen gehen?", schlage ich vor. Doch Mama ist nun schon hellwach und sieht uns erwartungsvoll an. „Sicher nicht, jetzt habt ihr mich geweckt. Also, was ist hier los? Werde ich auch eingeweiht in euer Vater-Tochter-Gespräch?" Sie runzelt eifersüchtig die Stirn und sieht uns mit ihren großen Augen fragend an. Wir wissen nicht, wo wir anfangen sollen. Papa ergreift als erster das Wort und sagt geradeheraus: „Unsere Tochter hat Eheprobleme."

Elisabeth lächelt wissend. „Ach, was du nicht sagst! Wäre mir gar nicht aufgefallen!"

Wie meint sie das denn, bitteschön?

„Du wusstest es?", fragt mein Vater überrascht.

„Weibliche Intuition nennt man das, mein lieber Rudi." Nun blicken wir sie beide fragend an.

Bin ich hier bei der Stasi, oder was?, denke ich.

„Warum kommt eine erwachsene Tochter mit ihren Kindern, ohne ihrem Mann plötzlich, spontan, mal so für ein paar Tage vorbei und lässt ihr Handy die ganze Zeit nicht aus den Augen?" Elisabeth holt tief Luft. „Ich habe doch Augen im Kopf!"

Rudi hebt wie schon so oft an diesem Abend sein Glas. „Prost! Auf euch Frauen und eure Intuitionen!"

Na super, großartig, jetzt wissen sie es also. Da fällt es mir plötzlich wieder ein! Mein Handy! Oh mein Gott! Das habe ich ganz vergessen! Das liegt im Zimmer! Vielleicht hat er sich schon gemeldet! Aber jetzt kann ich nicht davonlaufen. Mama wäre sehr gekränkt, ich muss also meine Ungeduld zügeln und warten, bis wir dieses seltsame Gespräch endlich beenden können.

„Papa hat mir von eurer Therapie erzählt", versuche ich das Thema zu wechseln. Doch es scheint nicht zu funktionieren, denn Mama redet trotzdem über mein Problem weiter: „Ja, toll war es, wirklich, das könnte euch auch helfen. Brigitte ist eine wahre Heldin!"

Um Himmels willen, ich werde wahnsinnig! Bitte nicht!, flehe ich das Universum an. Holt mich hier raus!

„Ich möchte keine Therapie mit Robert machen." Das war ein kläglicher Versuch, meine Eltern zu überzeugen.

Jetzt schaltet sich auch noch einmal mein Vater ein. „Aber wieso denn nicht, Fredy, uns hat das so geholfen. Du siehst, es zahlt sich wirklich aus. Wenn es ums Geld geht, wir zahlen es euch auch, nicht wahr, Liesi?"

Elisabeth nickt „Natürlich, mein Kleines." Sie sieht mich aufmunternd an.

Die beiden sind so lieb. Ich fühle mich hundeelend. Ich kann doch meinen Eltern nicht sagen, dass ich gerade dabei bin, diese verdammte Ehe zu beenden, weil ich mich in jemand anderen verliebt habe! „Ihr hattet so viel Stress, zuerst mit den Kindern, dann der neue Job, Umschulung, lernen und jetzt auch noch ein Haus renoviert. Das alles zehrt an der Substanz. Ihr habt euch wahrscheinlich aus den Augen verloren! Das ist doch ganz normal.“, philosophiert meine Mutter weiter. Ich glaube, sie war zu oft bei Brigitte und wird nun auch Therapeutin. Aber dann sollte sie vielleicht lernen zuzuhören und nicht gleich mit ihren eigenen Vorstellungen jemanden zupflastern.

„Ihr mochtet Robert doch von Anfang an nicht!“, halte ich ihnen vor. Was sollte das jetzt? Wieso raten sie mir meine Ehe zu retten? Sind sie nicht froh, ihn loszuwerden?

Meine Eltern sehen sich an. Papa räuspert sich. „Über die Jahre haben wir uns an ihn gewöhnt. Schau mal, anfangs dachten wir uns wirklich, dass du etwas Besseres verdient hättest, wenn wir ehrlich sind. Aber er hat nun so viel geleistet und er ist ja schließlich der Vater deiner Kinder.“

Mama unterbricht ihn: „Oder hat er eine andere? Hat er dich betrogen?“, ruft sie plötzlich ganz aufgeregt.

„Nein, nein, keine Sorge.“ (Leider nicht!, füge ich in Gedanken hinzu.) Die Situation wird mir zunehmend unangenehmer. Ich rutsche nervös auf meinem Hocker hin und her.

„Es ist einfach die Luft draußen. Aber wisst ihr was, ich gehe ins Bett, ich bin müde, ich glaube, jetzt kann ich einschlafen.“

Ein Blick auf die alte Küchenuhr: **01:24 Uhr**. Das reicht mir jetzt, ich muss hier fort, ich kann doch meinen Eltern nicht die Wahrheit sagen, jetzt, wo sie Robert so hoch loben! Ich stehe auf und küsse die beiden auf die Wangen. „Ich habe euch lieb."

„Wir dich auch! Schlaf gut", antwortet mir Mama.

Und jetzt nichts wie raus hier. Hinter mir höre ich noch ihr Getuschel. Ich nehme an, das wird nun noch ein längeres Gespräch zwischen den beiden.

Schnell rauf ins Zimmer und rasch einen Blick aufs Handy!

Hastig, aber bedacht darauf, leise zu sein, schleiche ich zurück in mein ehemaliges Kinderzimmer. Nur muss ich heute nicht wegen meiner Eltern so leise sein, damit sie nicht bemerken, dass ich so spät nach Hause komme. Jetzt muss ich darauf achten, dass MEINE Kinder weiterschlafen! Wahnsinn, wie die Zeit vergeht und sich alles ständig verändert. Es ist still und friedlich im Zimmer. Gleichmäßig atmen die sonst so aktiven Zwillinge. Ich husche in mein Bett, schlüpfe unter die warme Decke und taste meine ganze Matratze ab. Wo ist mein Handy? Es war doch hier? Jetzt wird mir heiß. Noch einmal raus aus dem Bett. Ich sollte mir vielleicht doch diesen fetten Plüschbademantel ausziehen, sonst bekomme ich einen Hitzschlag.

Ich durchsuche das ganze Bett, so gut es im Finsteren geht, aber nirgendwo entdecke ich mein Telefon. Das gibt es doch nicht. Es muss doch hier sein.

Haben die Burschen es sich geschnappt? Blödsinn. Was sollten sie damit? Ich habe ein Passwort, damit können sie nichts anfangen. Ich schleiche zu ihnen rüber und beuge mich zu ihnen runter, um ihre Gesichter genauer zu betrachten. Hat Clemens gerade geblinzelt? Täusche ich mich oder schlafen sie wirklich? So ein Streich könnte schon zu ihnen passen. Ich prüfe ihre Gesichter im Dunkeln, ganz nah. Da wird mir plötzlich bewusst, dass ich ja fürchterlich aus dem Mund riechen muss! Schnell richte ich mich wieder auf! Man stelle sich vor, einer von ihnen wacht jetzt auf und hat mein Gesicht so knapp vor seinem und dazu diesen Geruch nach Prosecco! Der hat einen Schock für's Leben!

Nein, die beiden schlafen, da bin ich mir sicher. Sie haben auch noch keine Ahnung von Handys! Ja, da sind wir sehr streng. Die beiden haben noch keine eigenen Handys. Habe ich es vielleicht doch mit hinuntergenommen? Stell dir vor, es liegt auf dem Küchentisch und es blinkt neben den Eltern! Nein, beruhige ich mich noch einmal, es ist PASSWORTGESCHÜTZT! Man sieht nur, dass eine Nachricht eintrifft, die Nachricht selbst sieht man nicht! Und wenn mitten in der Nacht eine Nachricht von „Mutter von Gabriel“ (so habe ich ihn eingespeichert) ankommt, dann wird es auch keinen interessieren! Diese Mobiltelefone! Mobil! Als das Telefon noch nicht „mobil“ war, musste es nicht ständig gesucht werden! Da suchten wir immer nur unsere Schlüssel und Geldbörsen.

Ich schlüpfe zurück in mein Bett. Der Prosecco zeigt seine Wirkung.

Früher war alles ganz anders. In den letzten 20 Jahren hat sich alles so rasend schnell verändert. Wir hatten ein Viertelteleton! Es war ein Telefon mit Drehscheibe und wir Töchter hatten sehr oft Telefonverbot! Denn die Rechnungen waren, wenn vier Frauen in einem Haushalt wohnten, manchmal immens hoch! Mein Spruch lautete immer, wenn ich zu Hause bei meiner Freundin anrief: „Grüß Gott, hier spricht Frederike Horak, kann ich bitte Verena sprechen?“ Ich habe das immer gehasst, wenn du die Eltern immer so nett bitten musstest, damit du ihre Kinder sprechen konntest. Ja, das hat sich alles sehr verändert. Durch das Handy wurde aber das Fremdflirten eindeutig erleichtert. Andererseits warst du auch nicht ständig erreichbar. Du konntest tun was du wolltest. War das irgendwie freier?

Angeblich denken und reden Frauen im Kreis, bevor sie zum (Höhe) - :-) Punkt kommen. Männer hingegen denken geradeaus, habe ich vor einigen Jahren in einem Kabarett gehört. Wäre ich ein Mann, dann würde ich gedanklich nun also mit 220 km/h in einem Porsche Cayenne auf der Autobahn rasen und mich in Lebensgefahr bringen. Da ich eine Frau bin, sitze ich gedanklich in einem elektrisch betriebenen Karussell und drehe mich im Kreis. Davon wird einem höchstens schlecht, aber man kommt zu keinem Ziel (bringt sich aber auch nicht um dabei). Meine Gedanken kreisen und kreisen. Ich fahre weiter Karussell und drehe mich im Kreis. Mir ist ein wenig schlecht von Prosecco und Tiramisu.

„Kawumm!“ Ein lauter Knall! Ich setze ich mich im Bett auf und sehe mich im Raum um. Keiner da, das Sofa ist leer, alle ausgeflogen. Die Sonne scheint ins Zimmer, also muss es schon am Morgen sein.

Die Tür war zugeflogen, daher hat es so laut geknallt. Draußen höre ich meine Mutter schimpfen. „Ich habe euch doch gesagt, ihr sollt leise sein! Eure Mutter muss sich auch mal ausschlafen!“

„Das war doch nicht mit Absicht!“, verteidigt sich Clemens. Die Schritte entfernen sich und ich höre, wie sie die Treppe hinunter gehen. Meine liebe Mama, sie ist die Beste!

Ich kuschle mich erneut in meine Decke, rolle mich ganz fest zusammen wie ein Embryo, schließe die Augen fest und versuche bloß nicht mit dem Denken zu beginnen.

Sobald das Gehirn mit Grübeln startet, kann ich nicht mehr schlafen. Ich konzentriere mich, meinen Kopf frei zu halten und beginne wie immer von 100 rückwärts zu zählen. 100, 99, 98, 97, 96 …

„Mamaaaa! Es ist Zeit zum Mittag essen! Aufstehen!", brüllt mir Klaus ins Ohr. Unsanfter kann man nicht geweckt werden. Aus müden Augen und nun auf einem Ohr taub sehe ich ihn an und muss leicht lächeln. Er ist so ein lustiges Kerlchen. Mit seinen blauen Augen und seinen wilden Haaren lacht er mich an und beginnt mich nun auch noch zu kitzeln. „Bitte nicht!", kreische ich. „Wie spät ist es denn?"

„Es ist 11:30 Uhr, Mama! Aufstehen! Oma hat gesagt, ich soll dich jetzt wecken damit wir essen können. Es gibt Spaghetti! Schnell, wir sind am Verhungern! Loooooos!" Er kitzelt mich noch mehr.

„Sehr charmant! Geh runter von mir, dann kann ich aufstehen!", murre ich lachend. Mmmh… ich rieche schon die Spaghetti. Die Kinder lieben das Essen von ihrer Oma. Klaus lässt von mir ab und saust schon wieder Richtung Treppe. „Schnell! Wir haben Hunger!", ruft er noch einmal, bevor er wieder aus dem Zimmer stürmt. Ich setze mich auf. 11:30 Uhr? So lange habe ich geschlafen? Herrlich! Ich strecke meine Arme in die Höhe und kreise meinen Kopf, um richtig munter zu werden. Ich freue mich über ein wertvolles Essen meiner Mutter. Sie kocht ausschließlich mit Bio-Lebensmitteln, ohne irgendwelchen Fertigsaucen, und das schmeckt man einfach. Wunderbar ausgeschlafen stehe ich auf und ziehe mich an. Was für ein wunderbarer Start in den Tag. Aber wo ist bloß mein verdammtes Handy? Ich durchsuche erneut das Zimmer. Bei Tageslicht lässt es sich leichter suchen. Unter dem Bett?

Im Koffer? Ich durchforste das gesamte Zimmer. Nichts. Habe ich es bei meinem nächtlichen Ausflug gestern anscheinend doch mit hinuntergenommen? Von unten höre ich sie schon nach mir rufen! Ich muss zum Essen gehen, ehe die Zwillinge ausflippen. Unten in der Küche angekommen, entdecke ich es! Mein Handy liegt auf der Küchenablage! „Na sowas! Was macht mein Handy denn hier?“, frage ich erstaunt in die Runde.

Mein Vater lacht und meine Mutter dreht sich grinsend zu mir um. „Das hübsche Ding hast du zum Abkühlen in den Kühlschrank gelegt!“

Die Kinder lachen ebenfalls. Wie peinlich! Na, bin ich jetzt schon völlig meschugge?

„Es war im Kühlschrank?“, frage ich erstaunt. „Wollt ihr mich auf den Arm nehmen?“

„Es war wirklich im Kühlschrank, Fredy! Warum sollten wir so etwas erfinden? Du musst es wohl gestern hineingelegt haben, als du dir das Tiramisu geholt hast.“ Papa grinst über das ganze Gesicht.

Na, da war ich wohl wirklich neben der Spur gewesen!

Ich schnappe mir mein Handy und setze mich. Ich hoffe inständig, dass er sich nun endlich bei mir gemeldet hat! Biittee! Wie ein durchgeknallter Teenager starre ich auf mein Telefon. Ich drücke die Taste und es tut sich nichts. Schwarzes Display, aus und Schluss. Es rührt sich nicht. Ich versuche es einzuschalten, aber es ist entweder erfroren oder der Akku ist leer. Ich quetsche die Einschalttaste fest hinein, doch es lässt sich kein Apfel blicken. Das Display bleibt schwarz.

Das darf doch wohl nicht wahr sein! Jetzt habe ich es endlich wiedergefunden und nun funktioniert es nicht!

„Keine Handys am Tisch! Fort damit! Und nun lasst uns endlich essen!“, befiehlt mein Vater streng, greift über den Tisch und nimmt mir doch glatt mein Handy aus der Hand. Mir! Seiner erwachsenen Tochter! Im ersten Augenblick möchte ich reagieren wie eine zickige Dreizehnjährige und ihn anbrüllen, dass er kein Recht habe, mir mein Handy wegzunehmen, doch ich reiße mich zusammen und lasse ihn gewähren. Meine Jungs starren uns gespannt an und da kann ich mich nicht benehmen wie ein Kleinkind. Er hat ja schließlich recht. Am Tisch haben Handys nichts verloren. Das ist bei uns in der Familie eine wichtige Regel. Und wenn wir Erwachsene uns nicht daran halten, was könnten wir da von unseren Kindern erwarten?

Ich bekomme eine große Portion Spaghetti auf den Teller und schlinge sie gierig hinunter. Es ist herrlich, bekocht zu werden, anstatt selbst zu kochen! „Wahnsinn! Sind die wieder gut!“, schwärme ich.

„Mann, so lecker!“, meint Clemens. Woraufhin mein Vater eine Rede darüber hält, dass wir in Österreich nicht „Mann, lecker“ sagen. Wir seien ja schließlich keine Piefke! Wir müssen auf unsere Sprache aufpassen.

„Was sind denn Piefke?“, fragt Klaus interessiert.

„Opa meint Deutsche!“, erkärt meine Mutter.

„Ach so, zu denen kann man auch Piefke sagen?“, fragt Klaus weiter nach und sieht uns an.

Ich versuche ihm zu erklären, was dieses Wort bedeutet. „Das ist umgangssprachlich, ähm, eigentlich ist es kein sehr netter Ausdruck, es ist eher abwertend gemeint. Piefke sagen wir Österreicher eigentlich eher dann, wenn wir über Deutsche lästern.“

„So, wie wenn man *Tschusch* zu Ausländern sagt?“, unterbricht mich Klaus.

Wir schauen ihn alle verwundert an. „Woher kennst du denn diesen Ausdruck?“ Ich bin verwundert. Bei uns zu Hause sagt doch niemand „Tschusch“, oder doch?

„Vom Bus. Als wir mit dem Bus in die Schule gefahren sind, hat der Busfahrer zu einem Mann *du Tschusch* gesagt und dabei ziemlich grimmig dreingeschaut.“

„Aha, na das ist nicht nett von ihm, das Wort *Tschusch* benutzen die meisten Österreicher, wenn sie Menschen aus Kroatien oder Bosnien oder so negativ bezeichnen möchten. Es ist auch kein schöner Ausdruck. Ist der Busfahrer nicht selbst eher dunkelhäutig?“, frage ich plötzlich irritiert.

„Ja, das stimmt, und er hat einen Akzent, also ist er selber Ausländer und schimpft auf andere Ausländer?!“, wundert sich Klaus.

„Ja, anscheinend ist das so“, stimme ich ihm zu.

„Ok, Opa, ich soll nicht so deutsch reden, aber warum schimpfst du dann gleich auf Deutsche? Einer meiner besten Freunde kommt aus Deutschland.“

„Aha! Daher sprichst du so!“, meint mein Vater triumphierend. „Es ist wichtig, dass wir unsere Sprache pflegen, es ist unser Kulturgut! Statt *Mann, lecker* sagt man z.B., das schmeckt ausgezeichnet, sehr gut, oder einfach das schmeckt mir.“

Da hat er ja eigentlich recht! Durch das Fernsehen und die Zuwanderung verändert sich unsere Sprache. Ich erwische mich selbst dabei, dass meine Sprache immer „deutscher“ wird.

Die Kinder sagen häufig Nee statt Nein, oder Kuck mal, statt Schau mal … usw. Meine Gedanken werden unterbrochen. „Und wir sind die Ösis!“, sagt Mama und lacht.

„Was heißt das denn jetzt?“ Die Kinder sind sehr interessiert. „

Zu uns Österreichern kann man auch ein negatives Wort sagen, Ösis!“

„Ja, ja, wir sind die Ösis“, brummelt mein Vater.

„Ösi dösi“, reimt Clemens. Da müssen wir alle lachen. In unserer Familie müssen zwar die Handys vom Tisch, wenn wir essen, aber gesprochen und gelacht werden darf immer!

„Ach, herrlich, Mama, du bist die beste Köchin!“, schwärme ich.

Mama freut sich sichtlich. „Möchtest du noch etwas?“

„Nein, danke, sonst platze ich!“

Die Kinder nehmen sich noch etwas und lassen dann beide etwas übrig. Ich ahne auch, warum.

„Oma, dürfen wir die Hühner füttern? Bittteee!“, säuselt Clemens.

„Ja, freilich, die freuen sich über die Nudeln. Los, raus mit euch und das Tor vom Hühnerstall wieder gut zumachen!“

„Sollen wir auch schauen, ob sie Eier gelegt haben?“

„Gerne, habe ich heute eh noch nicht gemacht und wenn wir Glück haben, dann kann ich uns einen Marmorkuchen machen!“ Es ist nicht selbstverständlich, dass die Hühner Eier legen. Unsere Hühner sind schon etwas älter, eine richtige Hühnergeriatrie! Da freut man sich über jedes Ei!

„Jipiehh!“, kreischen die beiden im Chor und rennen mit ihren Tellern in den Händen hinaus.

„Na, hoffentlich bekommst du die Teller in einem Stück wieder“, meine ich.

„Ach, geh, sind doch gescheite Burschen!“, erwidert mein Papa, steht aber dennoch auf und folgt den beiden lieber.

Ach, ist das herrlich hier. Ich werde bekocht, meine Kinder sind an der frischen Luft, wie im Urlaub. Aber so ganz glücklich bin ich natürlich nicht. Kaum habe ich keine Ablenkung, denke ich sofort an meinen Liebsten. Er kann mich gar nicht erreichen, auch wenn er wollte. Wo habe ich bloß mein Handyladekabel?

Ich helfe noch schnell Mama beim Geschirr wegräumen und mache mich auf den Weg zurück in mein Zimmer, um dieses verdammte Kabel zu suchen. Aber bei der vorigen Suche nach meinem Handy habe ich kein Kabel gesehen, also befürchte ich, ich habe es zu Hause vergessen!

Nach zehn Minuten gebe ich die Suche auf. Kein Kabel! Das darf doch nicht wahr sein. Verdammter Mist.

Ich laufe hinaus in den Hof zu den anderen und frage meine Eltern, ob sie zufällig ein passendes Kabel hätten.

Aber ich ahne schon, dass ihres aus der Steinzeit ist. Und genauso ist es. Sie haben ein altes Samsung-Handy GEMEINSAM und ich ein Apple. Daraus wird wohl nichts. Was soll ich bloß tun? Heute ist Sonntag, kein Geschäft hat hier offen. Tankstelle? Nein, so etwas hat doch keine Tankstelle! Verflixt noch einmal.

Ist das ein Zeichen? Soll es einfach nicht sein? Ist es besser so? Ich glaube daran, dass alles immer einen Grund hat. Ich rede es mir zumindest ein. Das beruhigt oft und lenkt einen ab. Es würde in diesem Fall jedoch bedeuten, dass ich besser die Finger von ihm lassen und dass ich weiterhin in dieser Ehe bleiben sollte.

NEIN! Alle sehen mich an. Habe ich etwa meine Gedanken laut herausgeschrien? Ach so, sie sehen nicht mich direkt an, sondern an mir vorbei.

„Halli Hallo!“, höre ich da plötzlich hinter mir. Ich drehe mich um und da steht sie. Meine große Schwester ist durchs Tor in den Hof gekommen.

Die Burschen lassen alles stehen und liegen und rennen an mir vorbei, direkt in Annikas Arme! Die Hühner sind vergessen.

„ANNIKA! Hallo! Du hier? Ich wusste gar nicht, dass du kommst!“, rufe ich überrascht. Ich habe sie bestimmt ein halbes Jahr nicht gesehen. Sie ist ständig unterwegs als Stewardess.

„Überraschung! Ich hörte, dass ihr hier seid und wollte euch auch sehen!“

Die Zwillinge hängen an ihrer Tante. Sie drücken sich ganz fest. Das ist ein tolles Bild. Aber ich kann es nicht mit meinem Handy festhalten, denn der Akku ist ja leer! HA! Da fällt mir ein, vielleicht hat Annika ja ein Kabel für mich!

Was bin ich bloß für ein kranker, schlechter Mensch, sehe meine Schwester ewig nicht und das zweite, was ich denke, als ich sie sehe, ist, ob sie ein Ladekabel dabei hat, damit Frau Horak Fremdsimsen kann!

Ich schiebe meine Gedanken wieder beiseite und laufe ebenfalls zu ihr. Als sie sich von den Burschen befreit hat, komme ich dran. Eine dicke, feste Umarmung! Ach, wie sie gut duftet! Annika ist eine unheimlich gepflegte Frau, verheiratet, berufstätig, keine Kinder. Ich habe mich noch nie getraut zu fragen, ob sie keine haben möchten oder ob es nicht klappt.

Sie ist 39, ihr Mann Andreas 43 und sehr erfolgreich in seinem Beruf als Zahnarzt. Sie haben ein wunderschönes Haus in Neusiedl am See gebaut. Also wohnt sie nicht so weit weg von den Eltern wie ich.

Als sie mich wieder loslässt, sehe ich wie sie Tränen aus ihren Augen wegblinzelt. Oh je, was ist denn los mit ihr? Die Freude, uns zu sehen, kann doch nicht so groß sein? Hoppla, die nächste Tochter mit Problemen.

Ich tue so, als ob ich es nicht bemerkt habe, denn ich möchte sie nicht vor den Kindern fragen, was denn los ist. Diese freuen sich weiterhin lautstark über Annikas Besuch. Die Tante ist nämlich berühmt für ihre Geschichten aus fernen Ländern und turbulenten Flügen. Außerdem hat sie so einige grausige Fotos von Zahnproblemen auf ihrem Handy. Ihr Mann schickt ihr manchmal welche, wenn er meint, es wäre sehenswert, was andere Leute für Probleme haben. Gott sei Dank ist er kein Gynäkologe!

„Na, das ist ja eine Überraschung!", freut sich meine Mutter und strahlt über das ganze Gesicht. Also wusste sie anscheinend auch nichts davon, dass Annika vorbeikommen wollte.

Meine Schwester löst sich aus allen Umarmungen und tritt einen Schritt zurück. „Also, die Jungs sind gewachsen, das ist ja der Wahnsinn! Wie lange ist es jetzt her?"

„Ich schätze, ein halbes Jahr oder so. Zu Weihnachten wart ihr alle bei uns, ja, also mindestens sieben Monate", rechne ich aus.

Ich betrachte meine Schwester genauer. Irgendwie sieht sie verändert aus, ich glaube, sie hat ein wenig im Gesicht zugenommen. Oder hat sie geweint? Angezogen ist sie hervorragend, wie immer. Mit ihrer tollen Figur kann sie alles tragen.

„Los, lasst uns ins Haus gehen! Wir haben genügend Eier, also mache ich uns einen Marmorkuchen!", schlägt Mama vor.

Papa schüttelt den Kopf. „Kommt gar nicht in Frage. Jetzt haben wir unsere Töchter hier, da wird nicht gebacken, sondern unterhalten!“ Er packt Annika bei den Schultern und drückt sie. Dabei sieht er sie ernst und traurig an. Dieser Blick ist mir nicht entgangen. Was hat das zu bedeuten? Gemeinsam gehen wir in unsere gemütliche Küche. Die Kücheninsel ist nun zu klein für uns alle. Wir setzten uns rund um unseren großen, schweren Holztisch.

„Aber zum Trinken darf ich den Mädels schon noch was anbieten, mein Meister?!“, fragt meine Mutter beleidigt meinen Vater.

„Jetzt sei doch nicht gleich eingeschnappt! Ich meins ja nur gut! Du hast heute schon Frühstück gemacht, danach warst du den Stall ausmisten, dann hast du Mittagessen gekocht und geschlafen haben wir auch nicht viel, jetzt setz dich doch mal!“

Ich bekomme ein richtig schlechtes Gewissen, als ich ihm so zuhöre. „Du hast Recht! Dann schlage ich vor, dass du jetzt den Kaffee machst!“ Meine Mutter ist einfach schlagfertig. Yes! Papa, ran an die Kaffeemaschine! (denke ich mir)

Klaus und Clemens nehmen Annika in Beschlag und fordern natürlich sofort eine Geschichte. Danach ein paar Bilder von eitrigen Zähnen … Igitt, sind die grausig. Wir bekommen Kaffee und Wasser serviert. Schließlich hat mein Vater die grandiose Idee die beiden Burschen zum Eiskaffee im Zentrum von Podersdorf zu schicken. Das sollten die beiden mit ihren Fahrrädern schon alleine schaffen. Wir schreiben ihnen eine ordentliche Eis-Bestellung auf, statten sie mit einer Kühlbox, Helmen und Geld aus. Die beiden sind ganz aufgeregt. In Wien lasse ich sie nur selten alleine mit dem Fahrrad fahren, obwohl sie schon den Fahrradführerschein haben. Hier allerdings ist das kein Problem. Allerdings ist heute Sonntag, viele Touristen sind unterwegs zum See, mir kommen langsam meine Zweifel …

„Schau nicht so, Fredy, deine Nachdenkfalte wird sonst noch tiefer! Die schaffen das schon! Mute ihnen mehr zu, sonst werden sie noch kleine Muttersöhnchen!“, meint mein Vater.

So eine Frechheit! Über was soll ich mich jetzt mehr ärgern? Muttersöhne oder Nachdenkfalte?

Mein Vater hat leicht reden, hat drei Töchter großgezogen, besser gesagt unsere Mutter hat uns erzogen. Er war ja meistens mit Arbeiten beschäftigt. Keine von uns Töchtern war jemals so draufgängerisch unterwegs wie die Zwillinge. Ich habe stets eine kleine Erste-Hilfe-Ausstattung dabei. Pflaster findet man in jeder meiner Handtaschen, die Sackerl fürs Gackerl, die man in Wien überall in den aufgestellten Automaten bekommt, werden bei mir als Kotzsackerl zweckentfremdet und die Fläschchen mit Globuli, Aconitum, welche beim ersten Schock eingesetzt werden, sind überall im Haus verteilt zu finden. Nun gut, durchatmen, vertrauen. Wird schon alles gut gehen, beruhige ich mich und reagiere nicht auf die spitzen Bemerkungen meines Vaters. Vorsichtig greife ich allerdings auf meine „Falte“ und massiere sie energisch.

Wir nehmen wieder Platz und können nun endlich ordentlich miteinander reden.

Glauben wir. Kaum sitzen wir, schon läutet es draußen am Tor.

„Wer kann denn das jetzt sein?“, fragt meine Mutter erstaunt und geht mit Papa gemeinsam hinaus.

Ich ergreife meine Chance und frage Annika: „Wie geht es dir denn, bist du viel unterwegs?“

„Nein, ich habe Stunden reduziert und helfe Andreas in der Praxis. Das Fliegen ist schön für junge Leute, aber ich werde langsam aufhören", antwortet sie, lehnt sich zurück im Sessel und schließt entspannt die Augen.

„Wirklich? Das ist ja schön! Dann hast du ja endlich mehr Zeit für dich! Macht es dir Spaß, in der Praxis zu arbeiten? Was machst du da?", frage ich nach.

Ich bin am Empfang und mache die Termine und die Rechnungen und eben das ganze Administrative", erzählt sie mir.

Ich sehe sie an, sie hat die Augen noch immer geschlossen. „Geht es dir nicht gut?", frage ich besorgt.

„Ja, ja, sei mir nicht böse, mich brennen glaube ich meine neuen Kontaktlinsen."

Ich betrachte weiter das Gesicht meiner Schwester, so gerne würde ich ihr alles erzählen, aber irgendetwas stimmt nicht mit ihr. Wir schweigen. Meine Gedanken kehren wieder zu ihm zurück. Wie viele Stunden habe ich jetzt nun nichts von ihm gehört? Es ist unerträglich, es zermürbt mich. Ich breche den Aufenthalt hier ab. Sobald die Kinder zurück sind, schnappe ich sie und wir fahren nach Hause! Ich möchte wissen, ob es ihm gut geht. Auch wenn ich dafür Roberts Visage wieder vor Augen habe. Es ist mir egal. Ohne Kabel erhalte ich keine Information was mit ihm passiert ist.

Aus dem Vorzimmer höre ich jetzt Mamas Stimme. „ Das ist ja eine Überraschung! Komm rein, komm rein! Warum seid ihr nicht gleich gemeinsam gekommen?"

Nein, bitte nicht, lass es nicht Robert sein! Robert hier!? Ich laufe Amok! Panisch umfasse ich mein Wasserglas. Warum rast mein Herz jetzt so? Ist es Papas Kaffee oder die Angst davor, Robert wieder gegenüberstehen zu müssen.

Da kommt Mama plötzlich mit Andreas herein.

Wow, Gott sei Dank! Bin ich erleichtert! Andreas.

Annika springt abrupt auf und ruft: „Ich habe doch gesagt du sollst mich in Ruhe lassen! Ich muss das erst verdauen!“

„Was glaubst du denn, wie es mir geht?“, antwortet Andreas. Er ist grau im Gesicht und sieht völlig zerknittert aus. Ich erschrecke, und Mama und Papa erst!

Was ist denn hier los? Wer hat wen betrogen? Sind nun alle Beziehungen dieser Familie gefährdet? Ist das der Mond?

Meine Mutter starrt die beiden fragend an. „Darf man wissen, was bei euch los ist?“

„Ich denke, das sollten sie alleine besprechen“, meldet sich mein Vater.

„Was sollen sie alleine besprechen?“ Elisabeth ist völlig verwirrt.

Ich stehe da, zwischen den beiden Paaren, und kenne mich ebenfalls überhaupt nicht mehr aus. Wahrscheinlich hat er meine Schwester mit seiner Assistentin betrogen und sie hat sie erwischt. Die hat immer schon so billig ausgesehen mit ihren dicken, hochgeschnallten Brüsten und roten Lippen.

„Ich kann keine Kinder bekommen“, schluchzt Annika und verliert plötzlich das Gleichgewicht.

Jetzt geht alles ganz schnell. Andreas sprintet zu Annika rüber und fängt sie noch auf, ehe sie mit dem Kopf gegen den Tisch knallt.

„Annika!“ Meine Mutter schreit und beugt sich über sie. Ich stehe wie versteinert im Raum und versuche zu realisieren was hier soeben passiert ist. Ich habe noch nie gesehen, wie ein Mensch einfach so umfällt wie ein Sack. Mein Vater holt geistesgegenwärtig rasch ein Glas Wasser und ein nasses Geschirrtuch. Sie tätscheln Annikas Wangen und halten ihr das Tuch an den Kopf. Da kommt sie langsam wieder zu sich. Andreas trägt sie ins Wohnzimmer und setzt sie vorsichtig auf die Couch.

Er umarmt sie, sie schluchzt laut los. Ich habe meine Schwester noch nie so aufgelöst gesehen. Sie weint so jämmerlich, dass wir alle zu Tränen gerührt sind und bewegungslos stehen bleiben, um dieses Paar, welches so viel Traurigkeit umgibt, nicht zu stören. Die beiden halten einander ganz fest, sie krallt ihre Nägel in sein Hemd und vergräbt ihr Gesicht in seiner Schulter. Er streichelt ihr immer wieder beruhigend über den Rücken. Sie trauern um etwas, das es nie gab und es nie geben wird.

„Ich bin schuld, es liegt an mir", schluchzt sie in Andreas' Schulter.

„Sch, sch, ist schon gut, Hör auf damit. Bitte, hör auf", tröstet er sie wie ein kleines Kind. Mir laufen die Tränen über das Gesicht. Meine Eltern sehen geschockt aus. Mein Vater deutet uns, dass wir besser gehen sollten. „Lassen wir sie alleine", flüstert er. Was kann man sonst tun? Meine Schwester kann keine Kinder bekommen. Sie tut mir unendlich leid. Ich wusste das nicht. Wir gehen zurück in die Küche, als mir plötzlich der Gedanke kommt, dass ich ihnen zumindest meine Beruhigungsglobuli und Taschentücher bringen könnte.

Sanft stelle ich ihnen die Sachen auf den Wohnzimmertisch. Keiner der beiden blickt auf. Sie kauern zusammen auf dem Sofa und schaukeln dabei hin und her. Das laute Schluchzen ist einem leisen Wimmern gewichen. Es zerreißt mir das Herz bei dem Anblick. Meine große, starke

Schwester ist plötzlich so klein und hilflos. Ich gehe wieder zurück in die Küche. Dort finde ich meine Eltern umarmt dastehend vor dem Herd. Das ist Liebe. Füreinander da sein. In schlechten Zeiten sich gegenseitig trösten. Das ist Liebe. So muss es sein. Das fehlt mir so bei Robert. Genau das fehlt mir. Er kann mich nicht trösten. Er ist nicht für mich da. Kaum geht es mir schlecht, setzt er meistens noch eins drauf. Er hält mich nie, bei ihm muss ich ständig stark sein. Ich beobachte meine Eltern.

Die beiden drehen sich zu mir um, breiten ihre Arme aus und schließen mich in ihren Kreis ein. Danke, das habe ich jetzt gebraucht. Wieder einmal spüre ich, was für großartige Eltern sie sind.

Jetzt verstehe ich diese traurigen Augen meiner Schwester, als sie ihre Neffen sah. Jetzt kapiere ich so einiges. Mein Vater wusste es, ganz bestimmt. Während ich also in Wien mein Leben friste und nur an mich und meine Sorgen denke, hat meine Familie hier ihre eigenen Geschichten zu meistern und ich habe keine Ahnung.

Nach einer Weile lösen wir uns aus unserer Umarmung und nehmen rund um die Kücheninsel Platz. Wir wissen nicht so recht, was wir nun tun sollen. Keiner möchte die beiden stören. Mein Vater beschließt schließlich, einen Tee für uns zu kochen, denn einen weiteren Kaffee von ihm hätten wir alle schlecht vertragen.

Meine Mutter schließt die Tür zum Wohnzimmer und bricht unser betretenes Schweigen: „Du hast es gewusst, Rudi, nicht?“ Sie sieht ihn prüfend an.

Papa wirkt etwas betreten. „Ja, sie hat mir erzählt, dass sie in Behandlung ist, da sie schon seit Jahren vergeblich versuchen, ein Kind zu bekommen.“

„Warum bespricht sie so etwas mit ihrem Vater und nicht mit mir, ihrer Mutter? Warum reden unsere Töchter lieber mit dir als mit dir?“, fragt meine Mutter traurig.

„Mama, darum geht es jetzt doch gar nicht! Vielleicht wollte sie dich nicht belasten! Aber es geht doch jetzt darum, dass Annika keine Kinder bekommen kann, nicht um dich.“

Sie blickt mich mit traurigen Augen an. „Du hast ja recht, ich verstehe das trotzdem nicht. Mich nicht belasten, so ein Blödsinn. Ich habe so viel mit euch Mädels durchgemacht und jetzt möchte mich keiner mehr belasten. Was ist mit dir? Du sprichst ja auch nicht mit mir.“

Der Wasserkocher hat das Wasser fertiggekocht. Papa gießt heißes Wasser in die Teekanne und lässt den Tee erstmal ziehen.

„Mama, das ist jetzt nicht der richtige Zeitpunkt“, sage ich zu ihr.

Papa holt tief Luft. „Sie wollte der Familie einfach nicht erzählen, dass sie Schwierigkeiten haben, Kinder zu bekommen. Sie wollte das alleine schaffen. Ich habe nur zufällig diese ganzen Medikamente bei ihr zu Hause gesehen, als sie mich bat, ihre neue Waschmaschine anzuschließen.“

„Und wieso bitteschön hast du mir nichts davon erzählt? Das ist doch schon Wochen her!“

„Wie gesagt, sie wollte das mit Andreas alleine durchstehen. Ich habe ihren Wunsch respektiert. Alle Frauen in dieser Familie bekommen ohne Probleme Kinder, da wollte sie einfach nicht mit euch darüber sprechen“, versucht mein Vater es meiner Mutter zu erklären.

Sie schweigt erstmal und denkt nach. Mein Vater hat recht. Ich habe die Zwillinge bekommen, ohne es geplant zu haben. Mit links, im Vorbeigehen.

Emma hat ihre beiden Mädels auch ohne Probleme bekommen. Für mich war es selbstverständlich, Kinder zu haben. Ich habe bis heute nicht darüber nachgedacht, wie es sein müsste, keine Kinder bekommen zu können. Wie deprimierend muss es für Annika gewesen sein, meine Schwester und mich mit unseren Kindern zu sehen und unser Geraunze darüber, wie anstrengend sie sind.

„Wie lange versuchen sie denn schon, ein Kind zu bekommen?“, frage ich Papa. „Weißt du das?“

„Naja, so ganz genau nicht, das müssten wir sie fragen.“

„Glaubst du, sie möchten ein Kind adoptieren?“

„Auch das kann ich dir nicht beantworten, Fredy.“ Er schüttelt traurig den Kopf, hebt den Deckel der Teekanne an und schaut, ob der Tee schon die passende Farbe hat.

„Haben sie wirklich alles Erdenkliche probiert?“, fragt Mama.

„Anscheinend ist nun alles ausgeschöpft. Wahrscheinlich gibt sie nun auf“, vermutet mein Vater und schenkt uns, nachdem er mit dem Aroma zufrieden ist, Tee ein. Ich nehme einen Schluck und verbrenne mir gleich mal die Zunge, so heiß ist er natürlich noch. Wir grübeln vor uns hin.

„Andreas ist ein toller Mann“, unterbricht Mama das Schweigen. „Sie werden das durchstehen. Es gibt doch schließlich andere Möglichkeiten, Kinder großzuziehen. Wie viele Kinder suchen ein neues Zuhause?“

„Das geht uns jetzt aber nichts an! Das müssen sich die beiden ausmachen. Bitte schlag ihnen das nicht gleich vor“, brummelt Papa.

„Ja, natürlich müssen sie sich das ausmachen, ich denke eben nur laut. Das wird ja wohl noch erlaubt sein!“, antwortet Mama gekränkt.

Die Türe geht auf und Annika und Andreas kommen herein. Die beiden sehen völlig fertig aus, um Jahre gealtert.

„Entschuldigt bitte meinen Auftritt, ich bin so durcheinander, ich denke es sind auch die Hormone, die mich so verrückt gemacht haben."

Mama geht zu Annika und drückt sie ganz fest. „Meine Kleine, komm her, du brauchst dich doch nicht zu entschuldigen, ist schon gut." Sie streicht ihr die Haare aus dem Gesicht und küsst sie auf die Wange.

„Tee?", fragt mein Vater und hält die Teekanne hoch.

„Gerne." Andreas nimmt das Angebot an.

Plötzlich wird die Terrassentüre aufgerissen und mit lauten Schritten und Gelächter stürmen die Zwillinge herein. „Wir haben es geschaaaafft! Halloooo! Hört ihr unser Läuten nicht! Die Eislieferanten sind da!", rufen sie.

Als sie in die Küche kommen und uns Erwachsene mit trauriger Miene vorfinden, schrecken sie erstmals zurück.

„Hallo Onkel Andreas! Was ist denn mit euch los? Ist etwas passiert? Ihr schickt uns, um Eis zu holen, und trinkt Tee? Bei dem schönen Wetter?", fragen Klaus und Clemens erstaunt durcheinander. „Wer hatte hier einen Unfall? Da stehen ja unsere Notfallglobuli! Und, Tante Annika, wie siehst du denn aus?" Fragen über Fragen, ja das können die beiden. Fragen stellen im Sekundentakt.

„Alles wieder gut, Jungs, beruhigt euch, Tante Annika ist nur schwindlig gewesen und daher habe ich ihr die Globuli gebracht." Ich lächle die beiden an und möchte sie ablenken. „Toll habt ihr das gemacht! Vielen Dank! Her mit dem Eis."

„Na, hoffentlich haben wir jetzt genug!", sagt Klaus und sieht Andreas verstohlen an.

„Das wird schon passen, wir teilen gerecht auf", antwortet ihm Mama, nimmt einige Schüsseln aus dem Schrank und holt die Löffel aus der Lade. „Wer möchte aller?"

Alle bis auf Annika nicken. Jeder kann nun etwas Süßes vertragen. Eis mit Tee ist wirklich interessant.

Ich kühle meine verbrannte Zunge mit Schokoladeneis.

„Und zur Feier des Tages dürft ihr das Eis vor dem Fernseher essen!", rufe ich und lächle weiter, so gut es geht. Jubelnd laufen die Zwillinge ins Wohnzimmer und schmeißen sich auf die Couch. Hastig rennt Mama hinterher und deckt die beiden mit Geschirrtüchern zu, damit nicht alles versaut wird.

Wortlos essen wir unser Eis und trinken unsere Tassen leer. Diese Stille ist angenehm. Keiner sagt etwas, jeder geht seinen eigenen Gedanken nach. Es muss nicht ständig gesprochen werden, denke ich gerade, als mein Vater die Stille unterbricht: „Ihr werdet eine Lösung finden. Wichtig ist, dass ihr einander habt und natürlich uns. Ihr seid nicht alleine."

Annika fängt erneut an zu zittern. Sie ist wirklich völlig fertig. „Danke, Papa!"

„Annika, warum hast du denn nichts gesagt? Du kannst doch mit uns reden!", sage ich und greife nach ihrer Hand.

Andreas hält sie fürsorglich fest. „Ich denke, es ist besser, ich fahre sie nach Hause. Sie muss ins Bett und sich ausruhen."

„Ich möchte hierbleiben, Mama geht das? Kann ich in mein Zimmer?", wimmert Annika. „Können wir hierbleiben? Andreas, verstehe doch, ich möchte jetzt nicht alleine sein in unserem großen leeren Haus."

Meine Eltern sind überrascht und sehen Andreas fragend an, denn sie wissen nicht, ob es ihm recht ist. Er nickt nur kaum merklich.

„Natürlich könnt ihr hierbleiben, kommt, ich überziehe die Betten und räume kurz auf, dann übernachtet ihr in deinem alten Zimmer. Aber nur unter der Bedingung, dass wir Dr. Kastner anrufen, damit er sich dich mal ansieht, ich glaube, du hast einen Nervenzusammenbruch." Mama sieht Papa an und bittet ihn, den Arzt anzurufen, dann läuft sie hinauf und bereitet das Zimmer vor, während Papa versucht, unseren Hausarzt telefonisch zu erreichen.

Das mit dem Zimmer dauert eine Weile, da es mittlerweile Elisabeths Büro ist und sie dort ein kleines Chaos angerichtet hat, aber Annikas Bett ist immer noch da, so wie meines und das von Emma. Meine Eltern konnten sich in all den Jahren nicht dazu durchringen, unsere Betten zu entsorgen. Wie man sieht, ist das auch gut so. Dass nach so vielen Jahren zwei ihrer Töchter gleichzeitig hier im Elternhaus übernachten, ist wohl schon irgendwie komisch. Schade, dass es einen solch traurigen Hintergrund hat. Ich bin hier, um Abstand von meinem Mann zu bekommen, und Annika ist hier, weil sie darum trauert, das sie keine Kinder bekommen kann. Ich traue mich nicht, das alles genauer zu hinterfragen. Das ist noch nicht der passende Zeitpunkt. Oder doch?

Ich sitze mit den beiden in der Küche und überlege, was ich nun sagen soll. Was sagt man in einer solchen Situation? Was sagt man als Mutter zu einem Paar, das keine Kinder bekommen kann. Schließlich spreche ich meine Gedanken aus: „Ich kann nicht im Entferntesten das fühlen, was ihr jetzt fühlt. Aber ich möchte euch nur sagen, dass es mir sehr, sehr leidtut." Aus, mehr sage ich nicht. Alles

Weitere behalte ich für mich, sowas wie, ihr werdet darüber hinwegkommen, habt ihr schon alles ausprobiert, ihr werdet eine andere Lösung finden, wie wäre es mit Adoption? Alles Blödsinn.

Ich gehe zu meiner Schwester und nehme sie in die Arme.

Die Minuten verstreichen und plötzlich beginnt Andreas zu sprechen: „Sie hat Angst, dass ich sie verlasse. Sie befürchtet, dass ich sie für eine andere Frau verlasse, welche Kinder bekommen kann. Ich habe keine Geschwister, meine Eltern hoffen schon so lange auf Enkel und zeigen das auf unangenehme Art und Weise, wie eben heute beim Brunch."

„Das ist ja furchtbar!" Ich bin erstaunt, das wusste ich nicht. „Annika! Warum hast du nie ein Sterbenswörtchen mit mir darüber gesprochen?"

„Wir haben uns doch kaum noch gesehen. Außerdem, wie gesagt, wollte ich alleine damit zurechtkommen. Ich dachte, ich würde schon schwanger werden, aber wie ich am Freitag erfahren habe, muss ich mich der Tatsache stellen, dass dem nicht so ist."

„Und ihr habt das alles ganz alleine durchgestanden! Seid ihr verrückt! Ihr müsst doch mit jemandem reden! In dieser Familie spricht anscheinend wirklich keiner mit den anderen", sage ich nun etwas lauter.

„So, ihr Lieben, euer Zimmer ist fertig!", unterbricht uns Mama, die gerade wieder zurückkommt. Papa stolziert mit dem Telefon in der Hand ebenfalls wieder zu uns in die Küche.

„Und wie siehst du das, Andreas?", frage ich.

„Für mich steht an erster Stelle Annika! Ob wir gemeinsam Kinder haben oder nicht, ist mir nicht so wichtig, wie sie denkt. Annika, bitte hör doch zu. Meine Eltern sind meine Eltern, ich bin ich und ich liebe dich. Vergiss meine Eltern. Sie sind herzlos und gefühllos. Wir haben unser Leben und sie ihres."

Annika sieht ihn traurig an. „Aber wie sie mich behandeln, als wäre ich deiner nicht wert."

Unsere Eltern spitzen die Ohren. „Worum geht es jetzt?", fragt meine Mutter verwirrt. Ich fasse kurz zusammen, was wir soeben besprochen haben.

„Ich habe ihnen gesagt, dass nun endgültig damit Schluss sein soll. Ich habe ihnen gedroht, den Kontakt abzubrechen, wenn sie noch einmal eine dumme Bemerkung machen! Ja, sie bekommen keine Enkel, aber sie haben einen Sohn und eine Schwiegertochter und die ziehen sich zurück, wenn sie sich weiterhin so verhalten", redet Andreas weiter.

Gerührt über diese Rede sehen wir ihn alle an. Mein Gott, ist der süß! Ich habe ihn noch nie so viel reden hören. Der gefällt mir! Ein richtiger Mann, der auf den Tisch haut. Bravo!

Papa räuspert sich „Und wie haben sie reagiert, wenn ich so neugierig sein darf?"

„Sie waren endlich einmal sprachlos, ich bin dann aufgestanden und gegangen, um Annika zu suchen. Nachdem sie nicht zu Hause war, dachte ich mir schon, dass sie nur bei euch sein könnte. Sie haben mich jetzt schon ein paar Mal angerufen." Er zieht sein Handy aus der Hosentasche und sieht nach. „Genau genommen neun Mal, aber ich lasse sie jetzt erstmal zappeln."

Ich fasse nicht, was ich gerade denke. Er hat ein iPhone! Soll ich fragen? Nein, das ist unangebracht, ich Rüpel, in so einer Situation fragt man nicht nach einem Ladekabel!

Aber es gibt Hoffnung! Vielleicht ist es sogar besser, wenn das Handy ausgeschaltet bleibt, dann bin ich nicht enttäuscht, sondern habe immerhin noch die Hoffnung!

Nun läutet unser Festnetz. Papa geht hinaus und hebt ab. „Ja, ja, wirklich? Das ist so nett von dir! Ja, das passt wunderbar, kein Stress. Super! Danke!“ Er legt wieder auf und kommt zu uns.

„Dr. Kastner hat heute keine Bereitschaft und ist nicht da. Jemand Fremden wollte ich in so einer privaten Situation nicht anrufen, daher habe ich Brigitte kontaktiert.“

„Brigitte?!“, ruft Mama freudig. „Echt? Du hast Brigitte angerufen?“ Sie lächelt ihn an.

„Ja, ich habe Brigitte angerufen, sie hat mich soeben zurückgerufen, und ob ihr es glaubt oder nicht, sie macht sich auf den Weg zu uns und kommt vorbei!“, sagt Papa stolz über seine Idee.

„Wer ist denn Brigitte?“, fragt Andreas ratlos.

„Äh, sie ist eine Lebens und Sozialberaterin mit wahnsinnig viel Erfahrung. Sie hat Elisabeth und mir bereits sehr viel geholfen und ich denke, sie kann euch auch helfen. Sie wird euch zuhören und einfach für euch da sein“, erklärt Papa ihm kurz.

„Und sie ist Schamanin“, füge ich grinsend hinzu und fuchtle mit den Händen geheimnisvoll in der Luft herum.

Mama sieht mich tadelnd an, denn wie erwartet wissen Annika und Andreas natürlich nicht, was das bedeutet.

„Na, ich wollte sie doch nur vorwarnen, damit sie sich nicht erschrecken, wenn sie vor ihnen steht!“

„Also, was glaubst du denn bitte, wie Brigitte aussieht!?“, fragt mich Mama genervt.

„Keine Ahnung, aber nach allem, was Papa erzählt hat, stelle ich sie mir halt doch ein wenig skurril vor.“

Meine Eltern sehen mich ernst an.

„Nein, ist sie nicht?“, frage ich vorsichtig.

„Ja, natürlich, sie hat ein Fell umgehängt und trägt eine Maske! Du spinnst ganz schön, Frederike!“, meint Papa sauer.

Nun gut, vielleicht ist es an der Zeit, mich zurückzuziehen und meine Eltern mit den beiden alleine zu lassen. Ich komme mir ein wenig seltsam vor bei so vereinten Pärchen.

Ich stehe auf, mit der Begründung, dass ich mal nach den Jungs sehen möchte, und gehe zu ihnen ins Wohnzimmer. Sie haben mittlerweile ihr Eis aufgegessen und sogar geschafft, nichts schmutzig zu machen. Jaja, sie werden älter. Nicht alles, was sie tun, endet im Chaos.

Ich schmeiße mich zu ihnen aufs Sofa und sehe mir gemeinsam mit ihnen den Drachen Kokosnuss an. Das ist so eine süße Serie. Wie lange werden die beiden wohl noch so etwas Nettes ansehen, ehe sie zu Action und Horror wechseln?

Was für ein Wochenende! Eigentlich wollte ich meine Ruhe und fremdflirten, Spaß haben und abschalten und jetzt bin ich hier mittendrin in den Problemen meiner Familie. Alle haben ihre eigenen Sorgen, ich kann mit niemandem über meine Gedanken sprechen.

Da fällt mir meine Freundin Ulla ein. Ich sollte sie anrufen. Das ist eigentlich eine Freundin für intime Gespräche! Wie konnte ich sie vergessen? Sie hat mich immer ins Vertrauen gezogen, mir immer alles erzählt. Sie hatte sich seinerzeit bei einer Datinghotline eingetragen, nachdem sie sich von ihrem Mann nach nur sechs Monaten Ehe hat scheiden lassen. Ich habe das zuerst nicht ganz verstanden, warum sie das machte. Ich kannte das schon aus meiner

Kindheit von meiner Tante Henriette und hatte daher einige Vorurteile.

Meine Tante hatte damals ein Inserat im Kurier aufgegeben und danach Unmengen an Post erhalten. Was haben sie und meine Mutter gelacht, als sie die Berge von Briefen durchgelesen haben. Sie schlossen uns Kinder aus der Küche aus und waren stundenlang damit beschäftigt zu sortieren. Bei manchen Briefen allerdings haben sie nicht gelacht, sondern da waren sie ganz still und auch manchmal entsetzt. Ich war damals neugierig, und habe heimlich die Säcke mit der mysteriösen Post durchstöbert.

Neben ein paar netten Briefen gab es ein paar wirklich perverse! Angewidert stopfte ich die grausige Post zurück und konnte daraufhin nächtelang nicht schlafen, da ich dachte, dass all diese Männer Tante Henriettes Adresse hätten und sie in Gefahr wäre, wenn diese Typen vor ihrer Tür stehen würden. Da mir das keine Ruhe ließ, beichtete ich meiner Mutter, dass ich ein paar dieser Briefe gelesen habe.

Sie fand das sehr amüsant und war nicht einmal böse. Ich war ja ohnehin gestraft genug durch die schlaflosen Nächte. Nachdem sie mir erklärte, dass die Briefe an die Redaktion der Zeitung geschickt wurden und diese dann die Briefe an meine Tante weiterleiteten, war ich beruhigt. Was hat der ganze Aufwand schlussendlich dann gebracht? Keinen Onkel Peter, Andi oder Hubert. Nein, Tante Henriette outete sich zwei Jahre später. Sie sei eigentlich lesbisch und so bekamen wir Tante Michi dazu. Kein Wunder nach dem Einblick in die Tiefen der Seelen von unbekannten alleinstehenden Männern, wohnhaft in unserer Umgebung. Alleinstehend war ja noch die harmlosere Variante. Es waren auch verheiratete Männer dabei, die entweder zu dritt glücklich sein wollten oder mal kurz eine Abwechslung zu ihrer Ehefrau gebraucht hätten!

Das war damals eigentlich rückblickend sehr unterhaltsam. Statt Internet und Kabelfernsehen musstest du lediglich ein Inserat im Kurier oder der Krone betreffend Partnersuche aufgeben und schon hattest du deinen eigenen Krimi bei dir zu Hause am Küchentisch.

Ulla jedenfalls ließ sich von meiner Kritik nicht davon abbringen, sich bei dieser Dating Hotline registrieren zu lassen. Sie musste ganz schön lange warten, bis eines Tages eine Nachricht eintraf, welche sie endlich berührte. Bei unseren Treffen kam ich mit Kinderkotze voll gespiebenen T-Shirts an und sie mit neuen Nachrichten von Interessenten. Ein User Namens Gerhard verzauberte sie mit seiner Ausdrucksweise und ohne scharfes Foto. Er konnte sich am besten von allen bisherigen Anwärtern ausdrücken. Man glaubt ja gar nicht, was Männer einem so schreiben, **obwohl** sie dich kennenlernen möchten!

Bei ihrem ersten tatsächlichen Date jedoch trug Gerhard ein Stirnband und eine Herrenhandtasche! Sie trafen sich, klassisch für die Weihnachtszeit, das erste Mal am Wiener Christkindlmarkt! Als sie ihn von Weiten so angezogen sah, verfluchte sie im ersten Moment ihre Idee. Sie erzählte mir später, dass sie davonlaufen wollte. Sie hoffte bis zum Schluss, dass er doch nicht Gerhard sei. Während sie noch überlegte, was sie tun sollte, war es schon zu spät! Er kam auf sie zu, blieb tatsächlich mit seinem interessanten Look vor ihr stehen und begrüßte sie aufs Herzlichste. Ihr Märchenprinz, ihr erdachter Halbgott, stand real vor ihr mit Stirnband und Herrenhandtasche! Ihre gute Erziehung befahl ihr, stehenzubleiben und höflich zu sein. Da war er nun, gekleidet wie ein Sportler aus den 70ern. Nachdem der erste Schock ihrerseits überwunden war, lud er sie unerwartet galant ins Kaffeehaus ein, da man sich ja zwischen den Standeln nur schwer unterhalten konnte.

Er sprach zu ihr, so nett und unterhaltsam wie auch schon seine E-Mails zuvor gewesen waren, und, was sie mir noch erzählte, er roch so gut! Sie konnte ihn „gut riechen“ und beruhigte sich damit, dass er immerhin keinen Schnauzer trug! Also schlussendlich ließ er sich äußerlich von ihr Gott sei Dank ziemlich rasch beeinflussen, (Stirnband wurde gegen Haube eingetauscht, Handtasche gegen Rucksack) und er wird sogar mit den Jahren immer schöner, wie sie heute sagt. Er riecht noch immer gut und macht sie glücklich. Sie unterhalten sich endlos. Ein immerwährendes Gespräch.

Ich muss lächeln, als ich mir Gerhard mit Stirnband und Herrenhandtasche vorstelle. Ich muss Ulla unbedingt wieder anrufen. Warum habe ich das so lange verabsäumt? War ich eifersüchtig, neidisch?

Das Läuten des Festnetzes reißt mich aus meinen Gedanken. Diesmal hebt Mama ab. „Hallo? Ja, Hallo, Grüß dich! Ja, sie sind beide hier. Warum ich dir das nicht gesagt habe? Na, weil ich es auch nicht wusste. Sie kamen beide überraschend. Ja, beide! Du, ich sag dir, hier ist was los!“

Pause. „Natürlich könnt ihr auch kommen. Freilich! Nein, es ist uns nicht zu viel. Freue mich! Also dann! Bis gleich!“ Mama legt den Hörer auf und sieht die Zwillinge an und seufzt. „Habt ihr Burschen zufällig eure Tante Emma im Eiskaffee getroffen?“, fragt Mama die Zwillinge.

„Ja, haben wir. Oh, das haben wir vergessen zu sagen, schöne Grüße sollen wir ausrichten!“, teilt Klaus uns mit, während er weiter auf den Fernseher glotzt, um ja nichts vom Drachen Kokosnuss zu versäumen.

„War das soeben Emma?“, frage ich Mama.

„Ja, ich glaube, sie fühlt sich ausgeschlossen. Immer diese Eifersucht unter euch! Sie kommt mit ihren Mädels rüber.“ Mama klatscht in die Hände. Na toll, volles Haus.

„Emma weiß aber nicht, dass es Annika schlecht geht, oder?“, frage ich nach.

„Nein, das habe ich am Telefon natürlich nicht gesagt.“ Mama schüttelt den Kopf und geht wieder zurück in die Küche zu den anderen. Ich bleibe weiter bei meinen Kindern sitzen. Ich fühle mich plötzlich sehr müde. Das hier ist alles sehr viel und jetzt kommt auch noch Emma. Ich mag Emma, sie ist meine älteste Schwester, aber ihre Töchter sind wirklich anstrengend. Sie hat sie, meiner Meinung nach, total verzogen. Aber gesagt habe ich ihr das noch nie, da ich vermute, dass sie Kritik kaum aushält und wir dann streiten würden. Das liegt mir nicht. Ich möchte mich nicht bei anderen einmischen, schließlich habe ich ja eigene Sorgen. Ist diese Einstellung eine faule Ausrede? Annika und Andreas verschwinden nach oben in Annikas ehemaliges Kinderzimmer. Sie möchte sich ins Bett legen, um eine Runde zu schlafen. Wir sollen Emma Grüße bestellen, aber so viele Menschen sind Annika jetzt eindeutig zu viel.

Was soll ich sagen? Abgeschnitten von der Außenwelt mit furchtbarem Liebeskummer und gleichzeitigen schlechten Gewissen meiner Familie gegenüber, sitze ich hier wie ein gestrandetes Walross und sehe mir Drache Kokosnuss an. Soll ich es auch so rausschreien wie Annika vorher?

„Ich bin verliebt! Möchte meinen Mann verlassen! Trau mich aber nicht! Denn ich bin mir nicht sicher!“

Meine Eltern haben beschlossen, dass wir mit Emma und den Mädels einen kurzen Spaziergang zum See machen, bis Brigitte kommt, und am Abend grillen wir alle gemeinsam im Garten.

Plötzlich öffnet sich die Eingangstüre und Emma kommt herein geschwebt. Sie klopft nicht, klingelt nicht, sie erscheint einfach. Das kann ich nicht leiden, aber es ist ja nicht mein Haus. Offensichtlich hat sie noch einen Schlüssel.

„Emma, das ging aber schnell! Seid ihr geflogen?", rufe ich, stoppe den Kokosnuss und erhebe mich so schwungvoll wie möglich vom Sofa. Die Zwillinge protestieren leise, begrüßen dann aber auch gnädigerweise die Verwandtschaft. Wir gehen ihnen entgegen. Emma, meine Schwester, sieht aus wie immer. Wir machen Küsschen links und Küsschen rechts. Wie geht's, wie geht's? Ach gut, ach gut…. danach kreische ich entzückt: „Sarah, oh, bist du groß geworden! Womit wirst du denn gefüttert?"

Ich mustere meine 17-jährige Nichte. Wieder Küsschen rechts, Küsschen links. Da muss ich mich schon strecken. Sie ist ja riesig geworden! Und erst ihre Haare, so blond! Moment, das war vor ein paar Monaten nicht so. Aber egal, geht mich nichts an. Hübsch ist sie.

Sie lächelt, das habe ich bei ihr ja noch nie gesehen! „Hallo Tante Frederike!", grüßt sie mich freundlich. Na, also vielleicht ist ja bei der ersten jungen Dame das Gröbste überstanden und das Eis gebrochen?

Und dann entdecke ich meine Lieblingsnichte. „Anna!" Sie steht noch im Türrahmen, Sonnenbrille auf, Kapperl tief ins Gesicht gezogen, offensichtlich um die dort vorhandenen Pickel zu verdecken, und überlegt, ob sie tatsächlich hereinkommen soll. Die Burschen winken ihr verlegen und drehen sich wieder um.

„Anna!“, rufe ich noch einmal, lächle so gut ich kann und strecke ihr die Hand entgegen. Das Küsschen, Küsschen sparen wir uns in diesem Fall. Ihre Aura ist zu negativ, ich habe Angst, dass sie mich in die Wange beißen würde. Also sie hat sich leider noch nicht verändert. Die Verwandlung in ein liebevolles, sympathisches Mädchen ist erst der älteren Tochter gelungen, aber was soll‘s, sie ist ja erst 13, das ist doch verständlich. Wie werden Klaus und Clemens mit 13 drauf sein?

„Da sind ja meine drei Mädels!“, ruft meine Mama. Eigentlich war dieser Ausdruck für uns drei Töchter bestimmt, aber jetzt sind eben diese drei Damen Mamas Mädels. Kein Wunder, sie sehen sich ja recht oft, da Emma einen Einheimischen geheiratet hat und im Ort geblieben ist.

Bin ich etwa gerade eifersüchtig? Na, ein wenig, merke ich. Gestern Abend war ich noch alleine hier und hatte die volle Aufmerksamkeit der Eltern. Jetzt sind plötzlich alle hier, das gefällt mir gerade gar nicht. Los, Frederike, werde erwachsen, du bist kein Kind mehr. Reiß dich zusammen.

„Nesthäkchen, kommst du?!“, ruft mich da meine älteste Schwester. So hat sie mich schon immer genannt. Ich glaube, sie hat mich präventiv so genannt, damit mich meine Eltern bloß nicht bevorzugen. In Wirklichkeit hat nämlich immer sie, die Älteste von uns, die Aufmerksamkeit auf sich gezogen. Emma hatte super Noten, war Klassensprecherin, brauchte keine Zahnspange, Schuheinlagen, Brille, Nachhilfe oder Förderunterricht. Sie war in Allen nur die Beste. Konnte singen, tanzen, Reden halten, Schnur springen und hat damit angegeben, dass es kaum zum Aushalten war. Sie war leider kein sympathisches Kind. Als Jugendliche war es ein bisschen besser, aber seit sie Mutter geworden ist, haben wir uns irgendwie voneinander entfernt.

„Jaaa, wir kommen!“ Ich schiebe den Schlumpf hinein und schließe die Eingangstüre hinter ihr. „Komm, meine Liebe“, sage ich zuckersüß. Wir gehen natürlich in die Küche. Die drei möchten es sich schon gemütlich machen, da scheucht sie mein Vater wieder auf.

„Wir sind schon den ganzen Tag hier drinnen, los, auf geht's! Wir spazieren einmal zum See und zurück. Danach kommt noch weiterer Besuch und es wird gegrillt“, unterbreitet er uns seinen Plan.

Die Gesichter hätten festgehalten werden sollen.

Sag bitte einem Pubertier und einem noch immer Pubertier, sie mögen ein wenig zu Fuß gehen. Grins.

Emma versucht die beiden zu motivieren. „Na gut, ihr Lieben, dann hopp, hopp! Wieder raus mit uns!“

Diese Stimme! Sie fährt mir unter die Haut! Wie beim Kasperl. Wieso redet sie mit den beiden immer so?

Clemens und Klaus ziehen sich schon ihre Schuhe an.

„Ach, Mann, jetzt sind wir gerade mal reingekommen, jetzt müssen wir schon wieder los?“, fragt die große Sarah.

„Sicher nicht, ich bleibe hier und warte auf euch“, beschließt Anna. Sagt es und schmeißt sich auf den nächsten Sessel, zückt ihr Handy und erstarrt.

Sehe ich richtig? Hat sie da ein iPhone? Haben Jugendliche nicht immer ein Ladekabel in ihrer Nähe? HA! Ich wittere meine Chance!

„Sicher nicht, junge Dame! Los, aufstehen! Es schadet dir nicht, wenn du mal an die frische Luft kommst!“, schimpft Rudi. Es ist ihm anzusehen, dass er sauer ist.

„Geh, Mama, wenn wir das gewusst hätten, wären wir z'haus blieben", raunzt Sarah.

„Genau, Opa, dann wären wir zu Hause geblieben. Gestern sind wir eh voll viel gegangen im Parndorf Outlet Center. Mir tun jetzt noch die Haxen weh", geht das Geraunze von Anna weiter.

„Jetzt reicht,s aber Mädels, so redet man nicht mit Opa!", schimpft Elisabeth plötzlich. Nix mehr mit meine drei Mädels.

Meine beiden Nichten haben sich im letzten halben Jahr leider doch nicht verändert. Sarah hat wohl nur so gelächelt, weil ich so erstaunt war über ihren Wachstumsschub. Wie ihr Papa das wohl zu Hause aushält?

Emma setzt ihr strengstes Gesicht auf (kleine Augen, schmale zusammengepresste Lippen) und befiehlt den beiden sofort mitzukommen.

„Wo ist eigentlich Annika? Ihr und Andreas' Auto stehen doch vor der Türe? Kommen sie nicht mit?", fragt Emma plötzlich enttäuscht.

„Sie hat sich oben hingelegt. Sie fühlt sich nicht sehr gut, aber das erzählen wir dir unterwegs", antwortet meine Mutter, schnappt sich ihre Tasche und drängt uns nun alle energisch Richtung Ausgang.

Schlussendlich geben die beiden jungen Damen nach und folgen uns langsam, sehr langsam, mit großem Abstand, als hätten wir Lepra. Sind Erwachsene für Pubertiere wirklich so schrecklich? Ich fürchte mich schon, wenn es bei den Burschen so weit ist! Wo sind die überhaupt?

Während die einen hinter uns meterweit Abstand halten, sind die Jungs bereits viele Meter weiter vor uns.

Auf dem Weg zum See berichten wir Emma über Annikas traurige Situation.

Sie ist erschüttert. „Warum hat sie keinem etwas erzählt? Nicht einmal mir? Ich dachte, wir vertrauen uns alles an." Kopfschüttelnd geht sie weiter. Das wundert mich jetzt auch. Emma und Annika haben sich schon immer sehr gut verstanden. Ich war, als wir klein waren, immer nur das lästige Anhängsel. Sie mussten mich überall hin mitnehmen und waren daher oft von mir genervt. Das Gefühl, das ich bei den beiden nicht erwünscht bin, steckt noch immer in mir drinnen.

„Ist sie deshalb wirklich so fertig? Ich meine, ich kenne viele Frauen, die keine Kinder bekommen, aber das ist doch kein Weltuntergang", sagt sie erstaunlich sachlich. Sie dreht sich um und sieht zu ihren Mädels. „Ich möchte jetzt nicht böse klingen oder undankbar, aber Kinder groß ziehen ist doch kein Zuckerschlecken."

Wir nicken alle, da wir wissen, was sie meint. „Aber wir haben alle leicht reden, wir haben ja schließlich Kinder", erwidere ich.

Ich berichte ihr noch von dem Brunch mit den Schwiegereltern und dass deren Verhalten das Fass zum Überlaufen gebracht hat. Emma hört mir interessiert zu. „Toll, dass Andreas so zu ihr steht! Die beiden stehen das durch und finden eine Lösung, da bin ich sicher", sagt sie. Da sind wir alle ihrer Meinung.

Als wir am See ankommen, ist der Durchgang durchs Drehkreuz bereits kostenlos. Wir spazieren am Wasser entlang und ich atme tief ein und aus. Ist das hier herrlich! Wie schön es hier ist! Die Sonne spiegelt sich im Wasser orange, ein paar Schwimmer und Surfer sind noch unterwegs und weiter draußen sieht man Segelboote. Segeln! Wie konnte ich das vergessen! Wir müssen unbedingt wieder segeln gehen. Ich bin hier aufgewachsen, hier am Wasser lernt man segeln oder surfen, oder zumindest schwimmen! Mir hat segeln immer am besten gefallen. Ich habe großen Respekt davor, aber ich konnte nie genug davon bekommen. Es ist so ruhig da draußen. Man muss sich allerdings auch sehr konzentrieren und achtsam sein.

„Haben wir noch unser Segelboot im Hafen?!“, frage ich Papa.

„Natürlich! Gehegt und gepflegt steht es abfahrtbereit!“, lacht Papa. Er liebt das Segeln ebenso wie ich.

„Morgen?“, frage ich ihn.

„Abgemacht, Fredy!“

Mehr muss nicht gesagt werden. Clemens hat zugehört und jubelt!

„Klaus! Morgen gehen wir seeegeln!!!“, schreit er und läuft wie eine Rakete wieder davon. Wir müssen lachen. Ich glaube, Sarah hat auch ein wenig gegrinst. Möchte sie vielleicht mitfahren?

Wir setzen uns auf die Steine am Ufer, ziehen unsere Schuhe aus und schieben unsere Füße ins Wasser. Es ist so ein schöner Ort hier. Die Wellen kommen und gehen und für einen Augenblick fühlt es sich wie das Meer an. Der Neusiedlersee ist das Meer der Wiener, sagt man. Früher, als wir noch Kinder waren, gab es hier am Strand fast gar nichts. Am Eingang stand eine klapprige Holzhütte, in der jemand auf einem noch klapprigeren Stuhl saß und Eintrittskarten verkaufte. Heute ist alles hochmodern ausgestattet. Alles ist abgesperrt. An den Strand kommt man nur, wenn man eine Karte kauft und ein Drehkreuz passiert. Es gibt Toilettenanlagen, Duschen, Kästchen, Verkaufsstände, Trampoline, Surfschulen und noch vieles mehr.

Der Ort hat aber Gott sei Dank seine Schönheit trotz der Modernisierung nicht verloren. Im Gegenteil, die Modernisierung sorgt hier für Ordnung. Denn leider sind Menschen nicht immer sehr achtsam mit ihrer Umgebung.

„Papa, sollen wir nicht die Mädchen auch fragen, ob sie mitfahren möchten?“, flüstere ich ihm zu. Er sieht mich verwundert an. „Wenn du willst, aber sei nicht gekränkt, wenn sie nicht wollen.“

„Ich denke, dass es unfair wäre, sie nicht zu fragen. Wenn sie nicht möchten, dann haben sie wenigstens die Wahl gehabt.“

Papa nickt. „Ja, da hast du recht. Woran man alles denken muss, damit sich niemand benachteiligt fühlt in so einer großen Familie!“

Ich stehe auf und begebe mich zu Sarah und Anna, die natürlich mit etwas Abstand von uns auf einer Holzliege liegen und dabei nicht auf den See, sondern in ihre Smartphones starren.

„Hey, ihr beiden!“, spreche ich sie an. Genervt wenden sie ihre Blicke von ihren Handys ab und sehen mich misstrauisch an, ohne zu antworten.

Am liebsten würde ich in dem Moment nicht fragen, denn sie wirken gerade so unsympathisch, dass es mir wirklich schwerfällt, aber sie sind doch meine Nichten. Ich möchte mit ihnen Zeit verbringen. Vielleicht wird unser Verhältnis ja besser, wenn ich mich um sie bemühe.

„Möchtet ihr morgen auch zum Segeln mitkommen auf Opas Boot? Wir hätten noch Plätze frei?!“, frage ich die beiden mit strahlendem Lächeln.

„Wann?“, fragt Sarah knapp. Oh! Das war ja erstmal kein Nein! Ich spüre Hoffnung!

„Für gewöhnlich sind wir um 09:00 Uhr auf dem Boot, ausgerüstet mit Essen, Schwimmsachen und Sonnencreme, eine Kopfbedeckung darf natürlich auch nicht fehlen und …"

„Um neun???!!!", werde ich unterbrochen. „Nein, das ist viel zu früh, Tante wir haben Ferien! Das schaffen wir nicht!", lehnt Sarah mit verdrehten Augen mein Angebot ab. Wohin ist das Lächeln verschwunden? Ändern Pubertiere schlagartig ihr Verhalten von einer Minute auf die andere? Ich muss mir Bücher darüber besorgen, um gewappnet zu sein, wenn es bei den Jungs so weit ist.

Anna schweigt, daraus folgere ich, dass sie sich der Meinung ihrer Schwester anschließt. „Wenn ihr wollt, können wir auch erst um 10:00 Uhr losfahren, aber später lohnt es sich nicht mehr."

„Neeee, danke, lieb von dir, aber nein", unterbricht mich Sarah erneut und dreht sich vom Rücken auf den Bauch und zeigt mir somit ihren Hintern. Ich glaube, das bedeutet, dass das Gespräch beendet ist. Anna schweigt weiter.

„Ok, war nur so eine Idee. Vielleicht überlegt ihr es euch ja noch", beende ich so freundlich wie möglich meine Konversation, drehe mich noch immer lächelnd um und gehe zu den anderen. Ich blicke noch einmal zurück zu den beiden, aber sie sind schon wieder mit ihren Handys beschäftigt.

Was ist das bloß für eine Generation? Es macht mich traurig, dass sie sich so stark von ihrer Umwelt abschotten und nur noch in ihre Kasterln starren.

Apropos! Ich drehe noch mal um und gehe erneut auf sie zu und bleibe wieder vor ihnen stehen.

„Was?", werde ich unfreundlich gefragt, jetzt doch einmal von Anna. Sie kann reden!!

„Tschuldigt noch einmal die Störung." Ich muss mich sehr bemühen höflich zu bleiben, denn ich finde ihre Art echt furchtbar. „Hat eine von euch zufällig ein Ladekabel dabei?“, frage ich gezwungen freundlich.

„Siehst du hier irgendwo eine Steckdose?“, fragt mich Sarah.

„Nein“, antworte ich darauf, verwundert über diese Frage.

„Na also, warum sollten wir dann ein Kabel dabeihaben?“ Oh, sie ist zum Anbeißen, dieses süße Früchtchen!

„Na, du hättest ja auch eine Powerbank dabeihaben können“, kontere ich selbstbewusst.

Bäng, das hat gesessen! Yes, Schachmatt, du … hey, nichts Böses denken, sie ist deine Nichte. Sarah schüttelt den Kopf. War ich auch so unsympathisch und launenhaft in ihrem Alter?, überlege ich. Meine armen Eltern. Die hatten das Ganze gleich drei Mal!

„Ich habe ein Kabel mit, allerdings habe ich es im Rucksack und den habe ich bei Oma und Opa im Haus gelassen“, meldet sich plötzlich unerwartet Anna zu Wort.

„Oh, kann ich es mir ausborgen, wenn wir zurück sind?“, frage ich entzückt.

„Sicher, kein Problem!“

„Danke, Anna du bist ein Schatz! Jetzt lasse ich euch in Ruhe, äh, weiter surfen in euren Handys, nicht im Neusiedlersee!“

Na also, ist die Kleine ja doch nicht so zuwider. Ich freue mich! Endlich kann ich mein Handy laden! Endlich kann ich simsen. Oh bitte, hoffentlich hat er sich in der Zwischenzeit gemeldet! Fröhlich gehe ich zu den anderen „Alten“ zurück und setzte mich wieder zu Papa. „Na, fahren sie mit?“, fragt er mich.

„Nein, leider nicht.“

„Und warum grinst du dann so?“

„Das Gespräch war nett und Anna borgt mir ihr Handyladekabel, wenn wir zurück sind“, grinse ich weiter.

„Na dann ist der Tag ja gerettet!“ Mein Vater lächelt und ich glaube, er wundert sich ein wenig über meine Freude wegen eines Ladekabels, fragt aber nicht weiter nach. „Fahren sie mit?“, fragt nun auch meine Schwester Emma. „Sie haben nein gesagt, aber ich habe ihnen angeboten, es sich noch einmal anders zu überlegen.“

„Wenn du mit deinen Nichten Zeit verbringen möchtest, dann solltest du mit ihnen nach Parndorf ins Outlet Center oder in die Shopping City fahren“, rät sie mir daraufhin ernsthaft.

„Ganz die Mama“, sagt plötzlich unsere Mutter mit ernster Miene.

„Wie meinst du denn das jetzt?“, fragt Emma.

„Ich finde es nicht in Ordnung, dass sie nur shoppen gehen möchten und in ihre Handys starren“, platzt Mama plötzlich raus. „Und dass sie nicht grüßen, kein Bitte und kein Danke sagen!“

Oh, oh, das kann gefährlich werden. Kritikalarm!

Emma hat schon die Augenbrauen hochgezogen! „Ich erziehe meine Töchter so, wie ich es für richtig halte, du hast deine nach deiner Methode erzogen.“

„Dich und deine Schwestern habe ich erzogen, jawohl. Das Wort heißt ERZIEHUNG.“

„Bitte, mit mir hattest du ja keine Arbeit als Kind, mich musstest du nicht erziehen, ich habe doch alles von selber gemacht, während du mit den anderen beiden deine Sorgen hattest“, antworte Emma tatsächlich und verzieht dabei ihr Gesicht.

„Dafür hast du ja so einiges später nachgeholt!“, keift Mama zurück.

„Ok, stopp ihr zwei!“, mischt sich mein Vater ein, bevor ich es kann. „Wir haben euch drei gut erzogen, ihr seid alle drei, jede für sich, etwas Besonderes, also überlege dir jetzt gut, was du sagst, Emma. Deine Mutter spricht nur das aus, was sich viele denken und hinter deinem Rücken tuscheln. Aber sie ist deine Mutter und ich bin dein Vater. Wenn nicht wir beide dieses Thema offen und ehrlich ansprechen dürfen, wer denn bitte dann?“

„Die Leute tuscheln hinter meinem Rücken, hier in diesem Kaff? Ach so ist das? Schämt ihr euch für uns!?“

„Wir schämen uns doch nicht für euch, um Gottes Willen! Fakt ist, die beiden haben kein Benehmen. Ihr setzt ihnen keine Grenzen! Und mit der Pubertät hat sich alles nur noch mehr verschlimmert! Alles, was ihr tut, ist shoppen gehen. Wer finanziert das alles? Dieser Konsumwahn muss ein Ende haben. Haben sie schon einmal bei euch zu Hause mitgeholfen, um sich etwas zu verdienen?“, fragt Papa und sieht Emma dabei vorwurfsvoll an.

„Schluss jetzt, bitte“, unterbreche ich. „Hört mir zu, bitte. Emma, antworte jetzt nicht sofort, sondern lass es einfach sickern. Ich schlage vor, dass wir zurückgehen, bevor hier noch Dinge gesagt werden, die ihr später alle bereut. Außerdem kommt gleich Brigitte.“

„Ach herrje, genau, Brigitte kommt!“, fällt es Mama wieder ein.

Ich nehme meine Schwester an den Schultern, obwohl ich es nicht richtig finde, was sie da gerade über Annika und mich gesagt hat. Eigentlich bin ich der Meinung meiner Eltern, sie haben recht damit, dass Anna und Sarah sich nicht benehmen, aber wir haben doch schon genug Sorgen heute mit Annika. Möchten sie jetzt auch noch Emma zum Weinen bringen?

Zu spät. Emma weint. Das macht sie immer. Passt etwas nicht, dann wird erstmal geheult. Eine Runde Selbstmitleid zum Mitnehmen bitte für die liebe Emma. Unsere Eltern lassen sich davon nicht beeindrucken. Ich stehe auf und ziehe Emma hoch. „Los, bitte, heute ist so ein verdammt emotionaler Tag! Trag es mit Fassung, deine Töchter sind unhöflich, okay? Und jetzt gehen wir bitte!“, versuche ich es noch einmal. Ich habe keine Lust auf einen Streit hier mitten am Strand vor den Kindern. „Ich bin nach Hause gefahren, damit die Kinder nicht ständig von Streit umgeben sind und dann ist hier auch dicke Luft! Hört bitte auf!“ setze ich noch eins nach.

Stichwort Kinder! Wo sind sie denn schon wieder? Kaum bin ich unaufmerksam, sind sie immer fort. Ihre Schuhe stehen vor uns. Huch, ich entdecke sie ziemlich weit draußen im See. Emma ist hellhörig geworden, ihre Tränen hat sie plötzlich wieder vergessen. (Ich sag’s ja, sie heult nur aus Taktik) „Streit? Hast du Stress mit Robert?“, fragt sie.

„Erzähle ich euch ein anderes Mal, das ist jetzt nicht so wichtig!“, antworte ich und fixiere meine Kinder da draußen am See.

„Klaus, Clemens, kommt her!,“ rufe ich laut und winke ihnen. Ich kann noch erkennen, dass sie mit ihren kurzen Hosen schon bis über den Knien im Wasser stehen. Die beiden sind in der Zwischenzeit schon zu weit hinaus auf den seichten See gewandert und hören mich nicht oder ignorieren mich. „HUHUU!“, brülle ich erneut.

Emma wischt sich trotzig ihre Tränen weg, steht auf, um mir zu helfen und brüllt nun ebenfalls.

Nichts. Keine Reaktion. Sie gehen einfach weiter. Jetzt steht mein Vater ebenfalls auf und pfeift, wie immer schon, mit zwei Fingern. Hui, das ist laut! Endlich! Sie drehen sich um. „HEY! Burschen retour kommen, LOS!“, schreit er mit seiner tiefen Stimme. Das hören sie! Das hat man sicher bis nach Ungarn gehört, welches am gegenüberliegenden Ufer liegt!

Klaus und Clemens winken uns freundlich, drehen um und kommen langsam, im Zeitlupentempo, zurück. Sogar die beiden Pubertiere auf der Holzliege haben sich wegen Opas Pfiff erschrocken und mal kurz von ihren Handys aufgeblickt.

„Danke, Papa!“, sage ich.

Rudi stemmt seine Arme in die Hüften. „Bitte. So macht man das! Ich schlage vor, Mama und ich gehen voraus und empfangen Brigitte und ihr wartet hier auf die Jungs und kommt dann nach.“ Seiner Körperhaltung nach ist er müde. Oh nein, der Arme. Alle drei Töchter kommen hier mit ihren Problemen an. Mama sieht mich auch aus traurigen Augen an.

„Ok, ist gut.“, stimme ich ihm zu und blicke zu Emma. Was macht sie jetzt? Wie entscheidet sie sich? Ihr Weinen wurde völlig ignoriert. Fährt sie nach Hause? Wartet sie mit mir? Oder folgt sie unseren Eltern?

Emma bleibt! Unsere Eltern wandern Hand in Hand Richtung Ausgang. Wir stehen nebeneinander und blicken hinaus auf den See. „Es ist schon seltsam, ich wohne hier und komme so selten an den See. Dabei ist es hier doch so schön“, sagt sie nachdenklich. Sie steht da wie ein kleines Kind, das zum ersten Mal am Meer ist.

„Wirklich? Geht ihr nicht schwimmen im Sommer?“, frage ich nach.

„Den Kindern und auch Hebert ist es zu schlammig. Sie benutzen lieber unseren Pool im Garten.“

„Aber du könntest auch alleine herkommen.“

„Das stimmt, aber dann muss ich dorthin und dahin, ich habe täglich so viel zu tun. Die Tage gehen vorüber und wieder war ich nicht hier, obwohl es nur zehn Minuten mit dem Fahrrad wären."

„Wenn man Kinder hat, vergeht die Zeit viel schneller, stimmt's? Kommt es dir auch so vor?", frage ich sie und binde meine Haare zu einem Zopf, denn der Wind bläst sie mir ständig ins Gesicht.

„Ja, das empfinde ich ebenso." Emma sieht nachdenklich auf das Wasser. „Warum ist Robert eigentlich nicht mitgekommen? Meinst du das ernst mit den Streitereien?", fragt sie mich plötzlich unvermittelt.

„Äh, nein, nein, er hat einfach keine Zeit. Wir sind ja beide Angestellte mit jeweils fünf Wochen Urlaub im Jahr und neun Wochen dauern schon alleine die Sommerferien! Da muss man sich schon mal alles einteilen", stottere ich herum. So gerne würde ich ihr alles erzählen. So gerne! Aber ich schäme mich. Ich meide ihren Blick und tue so, als ob ich intensiv die Burschen beobachte.

„Aber heute ist Sonntag, Frederike", sagt Emma und schaut mich nachdenklich an.

„Annika kann keine Kinder bekommen, du kommst ohne Mann nach Hause und meine Töchter sind schlecht erzogen, unsere armen Eltern haben etwas zu grübeln an diesem Wochenende!", meint Emma mit einem leichten Lächeln im Gesicht.

„Deshalb haben sie ja Brigitte eingeladen, vielleicht kann sie Annika und Andreas helfen, damit sie sich besser fühlen", antworte ich.

„Es ist mir klar, dass du mich anlügst, Fredy, in Bezug auf deine Ehe. Ich bin deine große Schwester und für dich da! Okay? Hast du das verstanden?"

Ich nicke und bin total gerührt. Mir wird warm ums Herz. „Danke." Am liebsten würde ich ihr alles erzählen, hier und jetzt, aber ich muss mich um die Kinder kümmern.

Klaus und Clemens kommen immer näher und lachen und kudern dabei, spritzen sich an und, oh je, bewerfen sich mit Schlamm!

Na super! Schöne Scheiße! „Hört sofort auf euch mit Schlamm zu beschmeißen!", rufe ich. Aber sie machen munter weiter. „Er hat angefangen!", antwortet Klaus und taucht seine Hand tief hinunter auf den schlammigen Boden des Sees, um es seinem Bruder heimzuzahlen.

Ich kenne dieses Spiel, das haben wir als Kinder hundert Mal gemacht. Meistens bekommt man dann den Schlamm in die Augen und sieht nichts mehr.

Emma starrt weiter hinaus aufs Wasser. „Findest du wirklich auch, dass die Eltern recht haben damit, dass die Mädels verzogen sind?"

Ähm, das fragt sie gerade jetzt, wo ich meine Kinder aber so was von gar nicht im Griff habe!

„Mutter sein ist verdammt schwer, Emma, aber ja, wenn ich ehrlich bin, ich finde die beiden kommen wirklich nicht sehr nett rüber", sage ich zu Emma. „Wollt ihr jetzt wohl aufhören! Seid ihr wahnsinnig? Schaut nur, wie ihr ausseht!", brülle ich Richtung Wasser.

„Mamaa, können wir endlich geheeen?", „Warum sind Oma und Opa schon weg gegangen?", fragen uns plötzlich die Mädels von hinten.

„Och, gesellen sich die Damen auch mal zu uns?", antwortet Emma spöttisch.

„Was ist los mit dir? Warum bist du plötzlich so unfreundlich?" Sarah ist verwundert über ihre Mutter.

Doch noch ehe Emma ihre Wut an ihren Töchtern auslassen kann, wird sie durch einen Schlammbrocken auf den Rücken unterbrochen.

„Ahhh!“, kreischt sie erschrocken auf.

„Ach du meine Güte! Wer von euch beiden war das jetzt?“, schreie ich die Zwillinge an.

Die beiden schauen erschrocken. „Das war unabsichtlich, Tante Emma, entschuldige“, piepst Clemens.

„Na warte, du! Welche Kinder sind hier schlecht erzogen!“, schreit Emma und läuft plötzlich auf die Burschen zu, wird dabei ganz nass, greift in den Schlamm und knallt Clemens eine volle Ladung auf den Brustkorb!

Sein T-Shirt!, denke ich nur! Clemens ist ganz perplex. Eigentlich wir alle. So kennen wir Emma gar nicht. Der einzige, der reagiert ist Klaus. Er schnappt sich erneut eine Ladung Schlamm und schießt sie in Emmas Haare und lacht und lacht!! Ich bin entsetzt! HEY! AUFHÖREN!

„Lasst meine Mama in Ruhe!“, schreit da plötzlich Anna hinter mir. „Zwei gegen einen ist unfair!“ Sie zieht sich die Schuhe aus, legt ihr Handy rein und stürmt ihrer Mutter zur Hilfe. Da bleibt auch Sarah nicht untätig. Sie läuft ebenfalls hinterher und nun bewerfen sie plötzlich zu dritt die Zwillinge.

Na, das geht aber wirklich nicht, meine beiden Süßen gegen die drei Hühner. „Auf in den Kampf!“, brülle ich. „Die Horaks gegen die Schneiders!“ Samt Kleidung stürze ich ins kniehohe Wasser und sammle Schlamm um meine Schwester abzuschießen. Es wird eine Riesenschlacht. Schlammbatzen fliegen durch die Luft. Patsch und Patsch, keine Ahnung wer mich da eigentlich trifft, ich spüre ihn nur überall. In den Haaren, in der Unterhose, im Nacken, Wähhh!

Wir lachen und kudern! Es ist ein Heidenspaß! Noch nie haben wir so viel miteinander gelacht.

„Aufhören! Bitte aufhören!“, kreischt Emma, während sie weiter lacht. Ihr Gesicht ist bedeckt mit ekligem Schlamm und sie ist klitscheklatschenass. Die Kinder sind ohnehin schon voller Schlamm, am wenigsten hat es Sarah erwischt.

Schließlich geben wir alle auf, lassen uns samt Kleidung ins Wasser fallen und versuchen, den Schlamm irgendwie loszuwerden. Handtücher haben wir natürlich keine dabei. Irgendwann hat leider jeder Spaß ein Ende und so verlassen wir den schönen Strand.

Den Rückweg treten wir nun alle nass bis auf die Unterhose an. Meine Nichten lachen so lieb, so habe ich sie noch nie gesehen. Ach, ist das herrlich!

Es ist zwar noch warm, aber uns ist, mit der nassen Kleidung am Körper, doch ein wenig kalt beim nach Hause gehen. Anna möchte uns natürlich fotografieren und verspricht mir, dass sie mir die Fotos über WhatsApp schicken wird.

Wir gehen also völlig nass an den Leuten auf der Straße vorbei in Richtung unseren Elternhauses. Ein wenig peinlich ist es mir schon, weil sie uns ansehen, als wären wir verrückt, aber was soll’s. Es war ein Heidenspaß! Die Kinder kichern! Einzig Sarah schaut ein wenig ängstlich umher, ob sie eh keiner aus ihrem Freundeskreis sieht.

Anna lacht mit den Zwillingen. Ich freue mich, dass sie endlich einmal miteinander reden.

Ich strahle Emma an. „War das herrlich!“

„Ja, ich muss zugeben, es hat gut getan.“ Sie lächelt mich an, bleibt plötzlich stehen und fügt hinzu: „Entschuldige bitte, dass ich zu Mama und Papa gesagt habe, dass sie mit dir und Annika so viel Arbeit gehabt hätten. Das war nicht sehr nett von mir."

„Ist schon gut, du wolltest von deinen schrecklichen Kindern ablenken", ärgere ich sie und piekse sie in die Seite.

„Ich habe dich lieb, kleine Schwester und wenn du Sorgen hast, dann rede mit mir!", sagt sie und umarmt mich plötzlich mitten auf der Straße, wir beide völlig nass. „Ich habe dich auch lieb, große Schwester." Ich drücke sie ebenfalls völlig gerührt und fange fast an zu heulen. Wuii, ist das kalt! „Und jetzt lass uns unsere Kinder erziehen! RRRR!", lache ich.

Aufgekratzt gehen wir weiter und ignorieren die Blicke der Menschen. „Was wohl die Nachbarn zu uns sagen?", lacht Emma.

Familie ist seltsam, in einem Moment könntest du alle zum Himmel schießen und im anderen alle umarmen.

Im Augenblick bin ich sehr froh, dass ich eine Familie wie diese habe.

Zu Hause angekommen, begrüßt uns zuerst Mama und erschrickt im nächsten Moment über unseren Aufzug.

„Was ist denn mit euch passiert?" Sie starrt die Zwillinge und mich entgeistert an.

„Wir sind ein wenig schwimmen gegangen", lache ich.

„Im Gewand?"

„Naja, Badesachen hatten wir keine dabei und leider auch keine Handtücher."

„Na toll, ich würde vorschlagen, ihr solltet alle unter die Dusche."

„Emma fährt mit ihren Töchtern kurz nach Hause um sich frisch zu machen und kommt danach wieder."

„Was, die sehen auch so aus? Was ist passiert als wir weg waren?" Mama ist neugierig und aufgeregt.

„Ich erzähle dir die Geschichte, nachdem wir geduscht haben, okay?“

„Brigitte ist übrigens auch schon hier und spricht bereits mit Annika und Andreas oben im Zimmer und Papa bereitet draußen im Garten alles zum Grillen her.“

„Sehr gut, ich helfe euch gleich, ich beeile mich, okay?“

„Passt schon, kein Stress. Freut mich, wenn ihr Spaß hattet, und so, wie ihr ausseht, haben wir bereits fertig gegrillt, bis ihr wiederhergestellt seid.“

Ich laufe mit den Jungs hinauf in den ersten Stock und stecke zuerst die Burschen ins Bad und danach bin ich dran. Ich dusche ganz heiß, ach, tut das gut. Der Schlamm steckt hartnäckig überall. In den Ohren, in der Poritze, einfach überall und vor allem in meinen langen Haaren.

Eine gefühlte Ewigkeit dauert es bis ich das Gefühl habe, dass sich in meinen Haaren kein Schlamm mehr befindet. Ich grinse vor mich her. Das war so lustig. Was dieses Wochenende alles los ist! Ich lerne meine Familie von einer ganz anderen Seite kennen!

Vor lauter Spaß habe ich ganz vergessen, Anna erneut um ihr Ladekabel zu bitten.

Aber sie kommen ja wieder. Ich steige aus der Dusche und trockne mich ab. Die Burschen sind bereits hinunter zu Oma und Opa gelaufen. Ich wechsle in mein Kinderzimmer und föhne mir die Haare, creme mich von oben bis unten mit einer wunderbaren duftenden Körpercreme ein und sehe mich im Spiegel an. Ein wenig Puder, Rouge und Wimperntusche werden dir nicht schaden, Frederike. Aber ansonsten bin ich sehr zufrieden mit mir. Ja, ich denke, dass ich mit 34 schöner bin als vor zehn Jahren. Mitte Dreißig. Wie das klingt. Es ist ein schönes Alter. Mittendrin im Leben.

Plötzlich höre ich unten das Festnetztelefon läuten und läuten und läuten. Ja, geht denn da keiner ran?

Offensichtlich sind alle draußen und keiner scheint das Läuten zu hören. Ein klingelndes Telefon kann ich nicht ignorieren. Schnell ziehe ich mich fertig an und laufe die Treppen hinunter.

„Hallo!“, melde ich mich. „Hallo, bist du es, Frederike?“, antwortet der Anrufer.

„Oh, hi! Ja ich bin‘s. Hallo Robert!“ Verdammt, an ihn habe ich gerade gar nicht gedacht.

„Was ist mit deinem Handy los? Du bist nicht zu erreichen, man landet sofort auf der Mailbox!“, meint er vorwurfsvoll.

„Ja, ich weiß, der Akku ist leer und ich habe kein Ladekabel, um es aufzuladen.“

„Aha, und warum rufst du mich nicht mit dem Telefon deiner Eltern an? Ich habe mir Sorgen gemacht.“

„Ja, daran habe ich, ehrlich gesagt, nicht gedacht. Wir sind ja erst seit gestern fort und spätestens morgen kaufe ich mir ein Kabel irgendwo, wenn es sein muss. Und dass wir gut angekommen sind, weißt du ja bereits von meinem Vater. Mit dem hast du ja gestern Abend so nett geplaudert und ihm erzählt, dass ich von dir Abstand brauche.“

„Ist es verboten mit meinem Schwiegervater zu telefonieren?“

„Es kommt darauf an, was du ihm sagst, Robert! Das hättest du nicht tun sollen, denn ich wollte eigentlich nicht mit meinen Eltern über unsere Beziehung reden.“

„Wie lange bleibt ihr eigentlich fort?“, lenkt er ab.

„Hallo, hast du nicht gerade gehört, was ich gesagt habe?“

„Ja, ich habe dich gehört, sehr gut sogar, wie immer, Schatz. Also, wann kommt ihr wieder?“, fragt er eine Spur unfreundlicher.

„Ehrlich gesagt, weiß ich es noch nicht so genau“, lasse ich mich ablenken, denn er wird meine Frage ohnehin nicht beantworten, wie immer. „Morgen gehen wir segeln und naja, mindestens bis Mittwoch möchte ich hierbleiben.“

„Aha, na, du wirst ja sehen, ob du dann genug Abstand von mir hattest“, antwortet er schmollend. Darauf gebe ich keine Antwort.

„Falls es dich interessiert, den Jungs geht es gut. Sie haben hier eine Menge Spaß. Möchtest du mit ihnen reden? Ich kann sie gerne holen.“

„Na, dann ist ja alles in bester Ordnung, meiner Frau und den Kindern geht es gut, und wie ich mich fühle interessiert ja keinen“, sagt er laut.

Aha, die Kinder interessieren ihn nicht. Ich habe aber gerade gar keine Lust, mich mit ihm und seinen Gefühlen auseinanderzusetzen, ich habe keine Energie für ihn.

„Soll ich die Jungs ans Telefon holen?“, frage ich erneut.

„Irgendetwas stimmt nicht mit dir, Frederike, was ist los? Hast du einen anderen?“, brüllt er nun.

Oh mein Gott, wie kommt er darauf? Hat er etwas entdeckt?

„Hörst du wohl auf damit? Du solltest dich beruhigen“, antworte ich ihm.

„Ich soll mich beruhigen? Du lässt mich hier alleine und sprichst von Abstand und ich soll mich beruhigen?“

„Robert“, versuche ich es erneut ganz ruhig, „wir sind nun schon so viele Jahre verheiratet, ich war stets für dich da, habe Tage und Nächte auf dich gewartet. Ich verstehe nicht, warum das jetzt so ein Problem für dich ist, wenn ich für ein paar Tage bei meinen Eltern bin, zusammen mit den Kindern?! Wir beide streiten doch nur noch über jeden Schas, da ist doch nichts dabei, wenn wir mal ein paar Tage getrennt sind. Genieße es!"

„Du hast bestimmt schon einen anderen, bumst ihr schon wild herum hinter meinem Rücken?"

„Was?! Wie redest denn du? Kannst du bitte sachlich bleiben und nicht so vulgär werden?"

„Alle sagen, mit dir stimmt etwas nicht", antwortet er.

„Wie bitte? Wer genau sind alle?", frage ich.

„Na, zum Beispiel meine Mutter", antwortet Robert.

„Deine Mutter!", wiederhole ich nun auch etwas lauter.
„JA, meine Mutter, im Gegensatz zu dir habe ich nämlich ein sehr vertrautes Verhältnis zu meiner Mutter und rede mit ihr über alles."

Er redet mit ihr über alles? Igitt!, denke ich.

„Hast du ihr dann auch von deinen nächtlichen Ausflügen erzählt? Von deinen Alkoholexzessen? Von deinen Kontoplünderungen? HA? Weiß sie davon auch?", fauche ich in den Hörer.

„Wenn du nicht nach Hause gekommen bist, hat es dich interessiert, wo wir sind oder wie es uns geht?"

„Darum geht es jetzt nicht", weicht er aus.

„Oh doch, darum geht es sehr wohl! Dein Verhalten hat dazu geführt, dass wir uns auseinandergelebt haben!", kontere ich.

„Du hast das gemeinsame Haus verlassen, du wirst schon sehen, was dir blüht, wenn du nicht wiederkommst.", ist seine Antwort.

Droht er mir jetzt etwa? Ich fasse es nicht. Mein Mann hat eine sehr charmante Art, mit mir umzugehen. Gewinnt man so seine Frau zurück? Mein Herz rast, ich platze fast vor Wut.

„Drohst du mir?“, frage ich ihn und versuche ruhig zu bleiben.

„Nenne es, wie du willst, ich bin jedenfalls nicht von zu Hause weggelaufen, so wie du.“

„Ich bin auch nicht weggelaufen, ich bin nur ein paar Tage bei meinen Eltern! Verdammt! Was ist denn daran so schlimm? Ich habe mich doch nicht ins Ausland abgesetzt!“ Meine Stimme überschlägt sich.

„Ich möchte eine Frau haben, die mich liebt, die für mich da ist, nicht so wie du, du bist seit Jahren kalt wie ein Fisch und jetzt lässt du mich auch noch alleine“, schmollt er wie ein Dreijähriger.

„Dann zieh doch zu deiner Mutter. Dann wäre uns allen leichter“, brülle ich in den Hörer und lege auf. Soll er doch verschwinden, soll er mich doch endlich in Ruhe lassen. Ich kann nicht mehr. Ich zittere vor Aufregung. Es ist ein Zeichen von Schwäche, wenn man auflegt, aber ich kann nicht mehr. Mir laufen die Tränen hinunter. Das war es? Elf Jahre meines Lebens? Das ist doch kein Mann! Ich stütze mich an der Kommode ab und hole tief Luft. Beruhige dich, Frederike. Ein und Aus. Ein- und Ausatmen. Ich spüre, dass jemand hinter mir steht, rasch drehe ich mich um und sehe plötzlich eine fremde Frau vor mir stehen. Sie ist hübsch, schlank und groß, hat rote lange Haare, schätzungsweise 60 Jahre alt. Sie lächelt mich an. „Du musst wohl Frederike sein?“

„Äh, ja.“, antworte ich lahm. Wie lange steht sie dort schon? „Und Sie sind?“, frage ich die Frau und wische mir verstohlen die Tränen aus dem Gesicht.

„Brigitte, ich bin Brigitte." Sie kommt auf mich zu und reicht mir die Hand. Ein elektrischer Schlag durchzuckt unsere Hände. „Autsch!", kreische ich und ziehe meine Hand zurück.

„Na, du bist ja geladen!", lacht sie und reibt sich ihre Hand. Sie hat so ein warmes Lächeln. Wir stehen nur da und schauen uns an. „Ich wollte auf die Toilette, ist sie da hinten?", fragt sie.

„Ja, immer geradeaus und dann die zweite Türe rechts", sage ich und deute ihr den Weg. „Danke, Frederike. Schau, hier hast du ein Taschentuch." Sie kramt in ihrer Handtasche und reicht mir ein Stofftaschentuch. „Du solltest dich etwas frisch machen, bevor du in den Garten gehst, deine Wimperntusche ist ganz zerflossen.", sagt sie und geht weiter Richtung WC.

„Oh, danke!" Ich tupfe mit dem Tuch die Augen. Wo ist hier der nächste Spiegel? Ich laufe schnell hinauf ins Badezimmer und schließe mich ein, bevor mich sonst noch jemand so zu Gesicht bekommt.

Erschöpft setze ich mich auf den Badewannenrand und starre die Bodenfliesen an. Wie lange stand sie jetzt schon dort? Hat sie etwas mitgehört? Was muss sie bloß von mir denken? Ich stehe wieder auf und gehe zum Spiegel über dem Waschbecken. Hilfe. Vor zehn Minuten sah ich noch frisch und fröhlich aus und jetzt sehe ich aus wie ein Zombie mit herunterhängenden Mundwinkeln und verschmierter Wimperntusche. „Lachen, Frederike! Lachen! Hahahahahaha! Hihihihi hohohohoho!" sage ich mir leise vor. Das, habe ich mal gehört, soll sehr gut sein, lachen ohne Grund. Lachyoga. Aber wirklich leise, denn wenn mich jemand hört, denken sie, dass ich Drogen genommen habe. Ich versuche es weiter, ziehe Grimassen, aber es nützt nichts, meine gute Laune hat sich tief vergraben. Ich wasche mir das Gesicht mit eiskaltem Wasser und rubble mich fest mit dem Handtuch ab. Jetzt habe ich die Wimperntusche überall verschmiert. Na super! Das sieht jetzt wirklich lustig aus. „Hahahahaha!“ Ich suche in meiner Kosmetiktasche nach meiner Abschminkmilch und reinige mir damit die Augen diesmal gründlich. Spülen, rubbeln, fertig! Und natürlich erneut schminken. Puh! Das war soeben eine ernste Auseinandersetzung. Er spürt etwas. Das war ja klar, dass es so kommen musste. Ich muss etwas unternehmen, sonst eskaliert die Situation noch.

„Frederike!“ (Oh, nicht Freddy, das heißt er ist sauer), höre ich von unten Papa rufen. „Was ist los mit dir? Wie lange brauchst du denn?“

Ich sehe auf meine Armbanduhr. Ach du meine Güte! „Ich komme!“ rufe ich zurück und laufe wieder hinunter, dabei bedacht, zu lächeln :-), obwohl mir gar nicht danach ist. Ich spiele eine Rolle, wie immer.

Papa steht, mit seiner Kochschürze ausgestattet, unten an der Treppe und sieht mich mürrisch an, in einer Hand die Fleischzange schwingend.

Oh je, was hat der denn jetzt wieder. „Immer müssen wir auf dich warten, Frederike, zu Mittag, jetzt.“ Da hat er recht. „Tut mir leid, Papa, Robert hat angerufen und wir haben telefoniert, das hat mich aufgehalten“, versuche ich mich zu verteidigen.

„Ach ja, wirklich? Robert hat wieder angerufen? Geht es ihm gut?“, fragt er. Ich nicke nur.

„Aber jetzt komm, es sind schon alle da!“, lenkt er wieder ein. Na, wenn der Schwiegersohn läutet, ist alles verziehen. Ich gehe mit ihm hinaus in unseren charmanten Innenhof.

Dort steht ein wunderbar großer alter Teaktisch mit zwölf Sesseln. Der Tisch ist gedeckt, das Fleisch und das Gemüse aus dem eigenen Garten brutzeln auf dem Elektrogriller. Papas neueste Errungenschaft. Nachdem er gelesen hat, dass das Grillen auf Kohle krebserregend sei, ist er sofort auf einen Elektrogrill umgestiegen. Das Fleisch wurde natürlich regional im Ort gekauft und es muss selbstverständlich bio sein oder wir essen Wildfleisch. Meine Mutter hat wunderbare Salate gezaubert und Bio-Gebäck aus dem Waldviertel serviert. Dazu gibt es noch diverse Saucen, Knoblauch und Kräuter. Mmmhh, wie das duftet! Zu Mittag Spaghetti, danach Eis und jetzt Grillerei. Das ist ein Fresstag! So schlimm jetzt dieses Telefonat auch war, dieser Anblick lässt mich für einen Augenblick alles Unangenehme vergessen. Emma, Anna, Sarah und auch Herbert sitzen bereits am Tisch, auch Annika und Andreas, Mama, meine Jungs und auch Brigitte haben es sich schon gemütlich gemacht. Ich gehe auf Brigitte zu und reiche ihr erneut die Hand. „Diesmal ohne Ladung", sage ich. Wir schütteln uns die Hände und lächeln. Keiner der Anwesenden weiß, wovon wir sprechen, aber das macht nichts.

„Ihr kennt euch schon?", fragt meine Mutter.

„Wir sind uns drinnen kurz begegnet, als ich sie nach dem Weg zur Toilette gefragt habe, und da gab es uns beim Händeschütteln einen elektrischen Schlag", klärt Brigitte Mama auf.

Ich gehe weiter zu Emmas Mann Herbert und es gibt Bussis rechts und links. „Gut siehst du aus!", sage ich ehrlich gemeint zu ihm.

„Danke, Schwägerin! Mir geht es auch gut! Schön, dass du wieder einmal hier bist! Ihr hattet schon viel Spaß im Schlamm heute, habe ich gehört."

„Danke, ja das war toll, wirklich!“ Die beiden Mädels und Emma lachen mich an. Irgendwie wirken sie gelassener. Sie haben gar keine Handys am Tisch.

„Habt ihr den Schlamm so schnell rausbekommen?“, frage ich bewundernd und untersuche Emmas Haare.

„Nein, nicht, geh weg!“, lacht sie. „Wir hatten schon solchen Hunger, ganz genau werden wir das morgen machen!“. antwortet Emma. „Na super, hoffentlich kriechen dann heute Nacht nicht irgendwelche Viecher aus deinem Haar in unser Bett!“, kudert ihr Mann.

Ich lache und gehe weiter zu Clemens und Klaus, verwurschtle ihnen liebevoll ihre Strubbelhaare und küsse sie auf ihre Wangen. Wie lieb ich die beiden habe. Es tut mir das Herz weh, dass ich mit ihrem Vater so streite, bestimmt hätten sie ihn jetzt gerne auch hier am Tisch sitzen, er ist der Einzige, der aus der Familie fehlt. Aber sie fragen gar nicht nach ihm. Gott sei Dank. Ich setzte mich zu ihnen.

Annika und Andreas sehen auch zufrieden aus und nippen bereits an ihren Sektgläsern. Offensichtlich hat ihnen das Gespräch mit Brigitte gutgetan. Ich frage Annika direkt: „Wie geht es dir?“

„Besser, danke! Ich habe ein wenig geschlafen und Brigitte ist einfach fantastisch!“

„Ja, wir werden mit ihr weiterarbeiten! Das ist mal sicher.“, stimmt Andreas ihr zu und küsst Annika auf die Wange. Ich lächle die beiden an und freue mich, dass es ihnen besser geht. Sie sind so lieb zueinander, ich vermisse Jakob so sehr! Es zerreißt mich innerlich, denn ich bräuchte so dringend ein Gespräch mit ihm. Wo ist er bloß? Ich fühle mich so einsam.

Plötzlich fällt mir ein, dass ich mir ja noch das Ladekabel von Anna ausborgen wollte!

„Anna, kann ich mir dein Kabel ausborgen?“

„Oh je, Tante Frederike, jetzt habe ich meinen Rucksack zu Hause stehen lassen.“, meint Emma bedauernd.

„Oh, na da kann man wohl nichts machen.“ antworte ich enttäuscht. Verdammt, verhext!

„Welches Kabel brauchst du denn, Frederike?“, fragt mich Andreas.

Oh mein Held! Genau, er hat ja auch ein iPhone! „Ich bräuchte ein Kabel für das iPhone SE.“ Hoffnungsvoll blicke ich ihn an.

„Kein Problem! Habe ich im Auto.“ Er möchte schon aufstehen, da räuspert sich mein Vater.

„Bitte nach dem Essen, Andreas, sei so lieb und hilf mir mal mit dem Fleisch. Am Tisch herrscht Handyverbot.“

„Aber dann könnte es in der Zwischenzeit wenigstens laden. Ich drehe es ja nicht während des Essens auf“, wende ich ein. Papa schaut mich finster an. Ich gehe zu ihm und flüstere ihm ins Ohr, damit die anderen es nicht hören. „Papa, ich bin eine erwachsene Frau. Ich habe dich sehr lieb, ich halte mich an alle Hausregeln, aber ich treffe mit 34 auch meine eigenen Entscheidungen, dazu gehört jetzt, dass ich dieses Kabel hole, um mein verdammtes Handy endlich anstecken zu können, okay?“

Ich habe es satt, mir ständig von Männern vorschreiben zu lassen was ich tun soll, füge ich gedanklich noch hinzu. Mir reicht es!

Er funkelt mich an: „Mach, was du willst.“

„In Ordnung!“, schnippe ich zurück. Wahrscheinlich ist er gerade schlecht drauf, weil anscheinend alle drei Töchter Probleme haben und er damit belastet ist. Ich kann ihn irgendwie verstehen.

„Andreas, kann ich mir das Kabel selbst holen? Dann musst du nicht gehen.“

„Ja sicher, es liegt auf dem Beifahrersitz.“ Er reicht mir seinen Autoschlüssel.

„Danke dir!“ Ich schwebe Richtung Tor, um auf die Straße zum Auto zu gelangen. „Wenn es kein Fleisch mehr gibt, dann hast du eben Pech gehabt!“, ruft mir mein Vater hinterher.

Am besten nicht reagieren, rede ich mir ein. So ein sturer Bock, er wird im Alter echt immer merkwürdiger. Mal ist er der beste Papa der Welt, mal ist er so mürrisch. Da soll sich einer auskennen! Mama antwortet statt mir. „Dann bekommt sie eben mein Stückchen Fleisch, kein Problem! Ich teile gerne mit meinen Kindern!“, ruft sie mir hinterher. Ich drehe mich zu ihr um und sie prostet mir zu und zwinkert dabei. Ich lächle sie an und schicke ihr einen Handkuss. „Danke!“

Danach öffne ich das schwere Tor und gehe auf die Straße. Den Rest der Unterhaltung höre ich nicht mehr, vielleicht auch besser so.

Auf dem Weg zu Andreas‘ Auto komme ich bei meinem eigenen vorbei, einem orangenen VW-Bus, ein Unikat. Ich liebe dieses Auto. Es ist bereits seit 14 Jahren in meinem Besitz und hat mit mir schon viel erlebt. Schon oft wollte ich ihn verkaufen, weil die Reparaturen mich einiges gekostet haben, aber aus nostalgischen Gründen habe ich es nicht übers Herz gebracht. Plötzlich entdecke ich am rückwärtigen Scheibenwischer einen Zettel. Nanu, was ist denn das?

Neugierig nehme ich den Zettel und entfalte ihn. Darauf steht: *Habe Schaden angerichtet, bitte rufen Sie mich an unter der Nummer: 0699/..., damit wir das beheben kön-*

nen. Bitte vielmals um Entschuldigung! Mit freundlichen Grüßen, Ihr Jakob R.

Ach du Scheiße! Er war hier! Mein Puls beschleunigt sich! Ich sehe mich um, kann aber niemanden entdecken. Ich hüpfe die Straße rauf und runter. Nichts. Ist er noch in der Nähe? Oh mein Gott, oh mein Gott! Ich fasse es nicht! Es geht ihm gut, er muss hier gewesen sein! Er ist verrückt! Er ist so was von verrückt! Hat er mich gesehen? Wann war er hier? Wie hat er mich gefunden? Habe ich ihm erzählt, wo meine Eltern wohnen?

Ich muss zurück! Moment, beruhige dich, Frederike, Kabel holen, langsam, alles gut! Ich laufe zu Andreas‘ Auto, ich bin so aufgeregt und glücklich. Konzentriere dich, langsam. Bumm, bumm, bumm, am Hals pocht mein Herz vor Freude. Ich möchte das Auto aufsperren, ah verdammt, da muss man ja am Schlüssel drücken, Frederike, modernes Auto, kein altes! Klick, die Lichter blinken, ah, jetzt lässt es sich öffnen. Ein Elektroauto, Reno, keine Ahnung, Zoe, genau! Ein tolles Auto! Da liegt ja das Handyladekabel! Türe wieder zu. Klick, Lichter blinken, Auto wieder verriegelt. Super! Und nun rein. Ich flitze wie ein Pfitschi-Pfeil hinein in den Hof, unauffällig an der Familie vorbei, ins Haus hinein, hole meine Tasche, schnappe mein Handy, auf zur nächsten Steckdose und stecke es ein!

Juhu! Geschafft! Am liebsten würde ich daneben sitzen bleiben und wie eine Süchtige drauf starren, bis sich das Apfelzeichen wieder zeigt, aber ich reiße mich schweren Herzens los und kehre zu den anderen zurück, um nun auch endlich am Essen teilzunehmen und um meine Eltern, vor allem meinen Vater, nicht noch mehr zu reizen. Sonst fangen die beiden noch wegen mir zu streiten an!

Im Hof zurückgekommen gehe ich schnurstracks zu Papa, lege ihm versöhnlich die Hand über die Schulter und schnüffle genüsslich: „Mmhhhh, das riecht herrlich, Papa, kann ich jetzt bitte ein Stück Fleisch haben?“

„Wildschwein oder Huhn?“, brummelt er.

„Bitte sehr gerne Wildschwein.“

Er greift mit seiner Zange ein Stück saftiges Wildschweinfleisch vom Griller und reicht es mir auf einem Teller, dazu spendiert er mir noch großzügig ein Stückchen gegrillte Zucchini. „Dankeschön!“, bedanke ich mich artig. Mit meiner Beute kehre ich zu meinem Sitzplatz zurück und lade mir noch reichlich von Mamas Salat auf, dazu noch ihre köstliche Cocktailsoße nach einem Geheimrezept und los geht’s. Genüsslich lasse ich mir das Festmahl schmecken. Dann bekomme ich auch noch ein Gläschen Grünen Veltliner, natürlich Bio. Herrlich! Die Burschen haben schon so viel gegessen, dass ihre Bäuche gleich platzen, erzählen sie mir.

Alle essen und trinken gemütlich in diesem wunderschönen burgenländischen Innenhof. Auch Papa setzt sich nun zu uns an den Tisch und verspeist sein Essen, dazu trinkt er ein Bier und fängt wieder an zu lächeln. Ah, das ist es, ich glaube, ein Schlückchen Bier hat ihm gefehlt! Alle loben ihn und bedanken sich für das gute Festmahl. Natürlich dürfen wir Mamas Salate auch nicht vergessen. Also erheben wir unsere Gläser auf die Gastgeber und stoßen auf die beiden an.

Das ist wirklich ein gelungener Abend. Die Hühner haben sich schon lange in ihr Haus verzogen. Es ist mild geblieben, man hält es ohne Weiteres mit einer dünnen Weste draußen aus und nicht einmal die Gelsen verderben uns nicht den Abend mit ihrer lästigen Anwesenheit. Ich genieße den Moment mit meiner Familie. Wir plaudern alle durcheinander, jeder mit jedem, es wird getrunken und gelacht wie schon lange nicht mehr. Das war so eine spontane Idee mit dem heutigen Abend, ohne großartige Planung und Tamtam. Alle fühlen sich wohl und es herrscht eine angenehme Atmosphäre. Dieser wunderbare Innenhof hat schon oft für gute Stimmung gesorgt. Meine Eltern haben ihn bezaubernd gestaltet mit Hochbeeten voller Gemüse, Weinreben entlang der alten Steinmauern und das Herz des Hofes ist unser alter Nussbaum, auf dem wir schon als Kinder viel Spaß hatten. Ich fühle, wie erleichtert ich bin, dass es Jakob gut geht. Dass er sogar hier war, macht mich ganz kribbelig. Das bedeutet etwas, das kann ich nicht weiter ignorieren. Ich muss handeln, etwas tun. So kann ich nicht mehr weitermachen. Ich lehne mich in meinen Stuhl zurück und lausche den Gesprächen der anderen. Meine Sorgen, mein dummes Handy, schiebe ich beiseite, vorerst. Die Kinder erzählen sich gegenseitig Witze. Das ist so komisch, der ganze Tisch lacht. „Warum sind Blondinenwitze immer kurz und knackig?“, fragt Clemens und keiner kennt die Antwort. „Damit auch die Männer sie verstehen!“, brüllt Klaus und lacht herzhaft dabei. Lautes Gelächter am Tisch.

„Woher kennen die beiden denn solche Witze?“ fragt meine Schwester Annika.

„Keine Ahnung!“ Ich zucke mit den Schultern. „Vielleicht aus ihrer Lerngruppe.“ Ich beobachte die anderen Paare am Tisch, dann stehe ich auf und beginne das Geschirr in die Küche zu tragen. Wenn ich schon nicht bei den Vorbereitungen mitgeholfen habe, dann helfe ich wenigstens jetzt. Emma und Herbert sind schon so viele Jahre miteinander verheiratet und sind so ein glückliches Paar. Er liebt sie sehr, das weiß ich. Sie passen gut zusammen. Er mag ihre Kasperlstimme (die muss man echt mal aushalten), ihren zeitweisen Snobismus, ihre Art, sich zu kleiden. Er akzeptiert sie einfach so, wie sie ist. Er steht zu ihr und hat auch vor vielen Jahren einen riesen Streit mit seinen Eltern wegen Emma gehabt. Sie konnten sie leider nicht leiden, meine liebe Schwester, und haben das Zusammenleben anfangs etwas schwierig gestaltet. Sie leben nämlich alle gemeinsam auf einem alten großen Bauernhof hier in Podersdorf. Herbert ist Nebenerwerbsbauer und drohte seinen Eltern Haus und Hof zu verlassen, wenn sie sich nicht anders seiner auserwählten Frau gegenüber verhalten. Emma hatte keine großen Grundstücke, sie war Buchhalterin und das reichte den Eltern nicht. Anfangs haben sie Herberts Drohungen nicht ernst genommen und benahmen sich Emma gegenüber weiterhin miserabel. Sogar meine Eltern suchten damals mit ihnen das Gespräch, denn sie kannten sich ja alle schließlich von Kindesbeinen an. Sie sind alle zusammen im Ort aufgewachsen und gemeinsam in die Schule gegangen. Erst als Herbert und Emma tatsächlich aus der Wohnung am Hof auszogen und nach Wien übersiedelten, bekamen sie Panik. Nach einem halben Jahr wurden die beiden regelrecht angefleht zurückzukommen. Und siehe da, plötzlich ging es! Sie haben sich angeblich zusammengerauft und haben's Gott sei Dank geschafft, halbwegs gut miteinander auszukommen. Die Wohnung in Wien besitzen die beiden noch. Zuerst diente sie als Sicherheit, falls es wieder nicht funktioniert, und jetzt als lukrative Wertanlage.

Wenn ich sie jetzt so beieinandersitzen sehe, beneide ich sie wahnsinnig. Ihre Töchter müssen sie noch in den Griff bekommen, aber das werden sie hoffentlich schaffen.

Wichtig ist, dass man sich liebt, zueinandersteht, ganz gleich, was andere dazu sagen.

Ich setzte mich, nachdem ich das Geschirr weggeräumt habe, wieder an den Tisch. „Eigentlich haben wir drei Schwestern eines gemeinsam.“, sage ich plötzlich laut.

Alle schauen mich fragend an.

„Entschuldigt bitte, Andreas und Herbert, aber wir drei Schwestern haben alle recht eigenwillge Schwiegereltern.“

„Ja, das stimmt! Ja, wirklich, das ist aber traurig.“, murmelt meine Familie durcheinander. Darüber hat natürlich noch keiner zuvor nachgedacht, aber nach der Geschichte mit Annika und ihren Schwiegereltern heute beim Brunch ist mir das aufgefallen und mit den Geschichten über meine Schwiegermutter könnte ich ein Buch füllen.

„Dafür haben wir beide, lieber Schwägerin, ich hoffe, ich darf auch für dich sprechen, ein riesen Glück mit euren Eltern!“, meldet sich Andreas zu Wort.

„Ja, dem stimme ich zu, lieber Andreas“, sagt daraufhin Herbert. Die beiden stehen auf, stoßen mit ihren Gläsern an und prosten meinen Eltern zu. Elisabeth und Rudi freuen sich natürlich über das Kompliment und lachen. „Danke, ihr Lieben!“, antwortet Mama mit roten Wangen.

Brigitte und ich sehen uns unvermittelt an. Ihr Blick wirkt nachdenklich, obwohl sie lächelt. Plötzlich habe ich das Bedürfnis, mit ihr zu reden. Ich stehe auf und nehme neben ihr Platz.

„Du bist also Brigitte“, eröffne ich unser Gespräch sehr geistreich. „Ich habe schon viel von dir gehört“, füge ich hinzu. Ich frage mich, wie viel sie von meinem Telefonat mit Robert mitgehört hat.

„So, so, ich hoffe nur Gutes“, antwortet sie.

„Ja, natürlich, meine Eltern sind begeistert von dir. Wie war für dich das Gespräch mit Andreas und Annika?“, frage ich neugierig.

„Da muss ich leider passen, ich spreche prinzipiell nicht über andere mit anderen.“

Sympathisch, denke ich mir. „Ja natürlich, wie dumm von mir, entschuldige.“

„Das macht doch nichts, versuchen kannst du es ja“, schmunzelt sie.

„Was machst du eigentlich genau?“, frage ich sie interessiert.

„Ich bin Ehe-Familien-Lebensberaterin und mache schamanische Energiearbeit. Das bedeutet, ich helfe Menschen in persönlichen Notsituationen.“

„Magst du deine Arbeit?“, frage ich nach.

„Natürlich, sonst könnte ich sie ja nicht machen.“

„Du hörst den ganzen Tag nur Probleme von Menschen.“

„Das macht sie ja so menschlich, die Menschen“, antwortet sie mir freundlich, aber ernst.

Ich denke über ihre Worte nach und nehme einen Schluck Weißwein aus meinem Glas. Da fällt mir auf, dass vor ihr nur ein Wasserglas steht. „Möchtest du etwas trinken?“, frage ich.

„Ich habe Wasser, danke.“

„Trinkst du keinen Alkohol?“

„Nein, nur ganz selten, er bekommt mir einfach nicht.“

„Darf ich dich fragen, was du in der Stunde verlangst?“

„Warum möchtest du das wissen?“

„Weil ich daran denke mich umzuschulen. Nein, nein“, ich lache, „Scherz.“ Ich bemerke, dass sie mich nicht lustig findet. „Ich hätte Interesse, mit dir zu sprechen.“

„In Ordnung, wir können gerne einen Termin ausmachen."

„Jetzt geht es nicht?" Ich weiß, ich höre mich gerade sehr jämmerlich an.

„Frederike, ich hatte heute einen langen, anstrengenden Tag und genieße jetzt meinen Feierabend. Wenn du mir nicht böse bist, dann würde ich mir lieber einen Termin mit dir vereinbaren. Du kommst zu mir nach Neusiedl am See. Und zu deiner Information, ich verlange pro Sitzung, welche für gewöhnlich zwei Stunden dauert 120 Euro."

„In Ordnung, dann machen wir uns einen Termin aus."

„Ruf mich an.", sagt sie und gibt mir ihre Visitenkarte.

„Dankeschön." Ich stecke die Karte in die hintere Tasche meiner Jeans. Brigitte sieht mich an. „Und falls du dich fragen solltest, wie viel ich vorhin von deinem Telefonat mitgehört habe. Fast alles, tut mir leid, aber keine Angst, ich verrechne es dir nicht." Jetzt lacht sie.

Ich reiße die Augen auf. „Oh je, das ist ja peinlich!"

„Ach, geh, was meinst du, was ich alles zu hören bekomme, so etwas kann mich nicht erschüttern und jetzt solltest du nachsehen, was sich auf deinem Handy so getan hat. Ich wette, es funktioniert bereits", fügt sie grinsend hinzu. Sie hat also alles mitbekommen. Das Telefonat, den Stress mit dem Handy, alles.

Clemens und Klaus blödeln mit ihren Cousinen, keiner beachtet mich, ich hätte Zeit, mich unauffällig davonzustehlen!

„Du hast Recht! Ich verschwinde mal eben kurz!", antworte ich. „Und dein Taschentuch bekommst du bei unserem nächsten Treffen gewaschen zurück!"

„Passt schon, davon habe ich einige", antwortet sie.

Schnell, bevor es jemandem auffällt, schleiche ich wieder ins Haus hinein, um endlich sehen zu können was sich auf meinem Handy so abgespielt hat. Mein Herz klopft schneller, ich bin sehr aufgeregt.

Das Display leuchtet, ah, es ist also wieder aktiv! Ich gebe meinen Code ein und warte.

„Bling, bling, bling! … Es piepst und piepst!

Anrufe in Abwesenheit: 7. Mitteilungen: 7!

JA! Die „Mutter von Gabriel“ alias Jakob hat mir geschrieben! Gott sei Dank!

Rasch öffne ich die Nachrichten von Jakob.

Sonntag 03:20 Uhr: *Meine Liebe! Du schläfst wahrscheinlich. Wir hatten die ganze Nacht einen schweren Feuerwehreinsatz! Brand auf dem Fabrikgelände. Habe in der Eile mein Handy zu Hause liegen gelassen! Bin fix und fertig! Bitte melde dich, wenn du wach bist! Ich gehe jetzt schlafen. Kuss*

Wahnsinn! Jakob ist bei der Freiwilligen Feuerwehr, das hat er mir erzählt. Mit zwölf ist er beigetreten und schwer begeistert. Ach du liebes bisschen! Er hat mich nicht vergessen!

Sonntag 10:04 Uhr: *Na, schon munter! Ich vermisse Dich! Wie ist es bei deinen Eltern? *

Sonntag 11:20 Uhr: *Bist du sauer, dass ich nicht erreichbar war? Warum antwortest du mir nicht?“

Sonntag 12:00 Uhr: *Du bist nicht erreichbar! Kuss*

Sonntag 12:27Uhr: *Hallo? Jetzt mache ich mir Sorgen! *

Ich bin sooooo erleichtert! Mein lieber, lieber Jakob! Danach muss er losgefahren sein, um zu sehen, ob ich in Podersdorf bin! Er ist der Wahnsinn!

Ich sehe noch eine weitere Nachricht von Sybille, meiner besten Freundin aus der Nachbarschaft

Sonntag 12:19 Uhr: *Hallo! Hoffe, es geht euch gut! Melde dich, wenn du wieder zurückkommst! *

Woher weiß sie, dass ich fort bin? Von mir nicht. Also muss sie bei Robert gewesen sein, schließe ich daraus. Moment, er sagte am Telefon: „Alle sind der Meinung, dass mit mir etwas nicht stimme."

Meinte er mit „ALLE" seine Mutter und Sybille? Er hat mir nur von seiner Mutter erzählt, Sybille hat er ausgelassen. War sie bei uns, als ich nicht da war?

Anrufe in Abwesenheit: Natürlich „Mutter von Gabriel" und Robert.

Ich gehe die Treppen hinauf und schließe mich in mein Zimmer ein, ehe ich die Nummer wähle. Meine Hände zittern, ich bin ganz aufgeregt! Endlich wieder Jakob hören! Nach einem Mal läuten hebt er schon ab.

„Frederike! Hallo!", meldet er sich mit seiner wunderbar männlichen Stimme.

„Hallo Jakob! Es ist so schön, deine Stimme zu hören! Wie geht es dir? Wo bist du? Warst du hier in Podersdorf?" Ich habe so viel Fragen an ihn!

Jakob lacht! „Moment, eins nach dem anderen! Was war denn mit dir los? Warum warst du nicht erreichbar?"

„Mein Akku war leer und ich hatte kein Kabel mit, mein Schwager hat mir nun seines geliehen. Endlich kann ich wieder telefonieren! Und was ist bei dir alles passiert? Aber vorher möchte ich wissen, warst du hier in Podersdorf?"

„Warum sollte ich in Podersdorf gewesen sein?", fragt er mich. Ich bin zu Hause." Schweigen.

„Aber ich habe einen Schaden angerichtet, denn ich war nicht für dich erreichbar!“, lacht er plötzlich laut ins Telefon.

„Du Verrückter, jetzt hast du mich ganz schön reingelegt! Aber wer sonst würde einen solchen Zettel an mein Autofenster heften?“

„Noch dazu mit meiner Telefonnummer“, lacht Jakob.

„Genau.“

„Ich habe mir große Sorgen gemacht! Es hätte dir ja auch etwas zugestoßen sein können! Wie hätte ich dann davon erfahren? Und anstatt tatenlos zu Hause herumzusitzen, bin ich einfach losgefahren. Ich dachte mir, dein auffälliges Auto werde ich vielleicht sogar finden. Was ich dann ja auch tat!“

„Du bist fantastisch!“, antwortete ich.

„Anläuten habe ich mich natürlich nicht getraut, ich wollte keine Unruhe reinbringen.“

„Danke! Ja das hätte eigenartig gewirkt, wenn du plötzlich vor unserer Tür gestanden wärst! Aber der Zettel war wirklich sehr originell!“

„Bitte!“

„Ich hatte dieselben Gedanken wie du!“

„Welche meinst du?“

„Ich hatte auch Angst, dass dir etwas passiert ist und ich nicht davon erfahren würde!“

„Das ist ein echtes Problem!“ Schweigen

„Du kennst die Lösung des Problems!“, antwortet Jakob ernst.

„Ja, ich weiß! Aber nun erzähle, was war los bei dir?“, frage ich ausweichend. „Wo hat es gebrannt!? War es gefährlich?“

Jakob erzählt mir in allen Einzelheiten von dem Einsatz. Es ist wirklich bewundernswert, dass Menschen sich freiwillig einer solchen Gefahr aussetzen. Ohne Gegenleistung, einfach so aus Überzeugung. In ihrer Freizeit absolvieren sie Ausbildungen, um im Ernstfall anderen zu helfen und dabei auch noch ihr eigenes Leben zu riskieren.

„Ich habe großen Respekt vor dir“, sage ich ihm und meine es durch und durch ehrlich.

In Wien gibt es die Berufsfeuerwehr, aber auf dem Land wird das System nur durch Freiwillige am Leben erhalten.

„Was wäre, wenn es keine Freiwilligen gäbe?“, frage ich ihn.

„Das wäre undenkbar.“, kommt seine Antwort. „Frederike?“

„Ja.“

„Ich vermisse dich!“

„Ich dich auch, das kannst du mir glauben.“

„Ich möchte das Gesicht zu dieser wunderbaren Stimme wiedersehen!“, schmeichelt er mir. Ich lächle, ich bin so gerührt. Mein Herz schlägt schneller. „Ich möchte dich auch wiedersehen!“

„Wann? Wann könnten wir uns treffen?“, wird Jakob konkreter. Das gefällt mir so an ihm, er fackelt nicht lange.

„Keine Ahnung, ich bleibe hier auf jeden Fall noch bis Mittwoch, morgen gehen wir segeln, gleich in der Früh. Wie hast du Dienst?“, frage ich nach.

„Ich hätte morgen frei, ich fahre einfach am Nachmittag so gegen 14:00 Uhr los Richtung Burgenland und du rufst mich an, wenn ihr zurück seid. Vielleicht kannst du dich ja am Nachmittag für ein, zwei Stunden davonstehlen?“ schlägt er vor.

„Wie soll ich das denn machen?“, frage ich zögerlich, aber gleichzeitig ist es mir egal, mir wird schon etwas einfallen. Ich möchte ihn auch unbedingt sehen, berühren, an ihm riechen.

„Einkaufen, zum Beispiel, Freunde treffen? Irgendwas. Komm schon! Jeder Tag, der vergeht und wir uns nicht sehen, ist Verschwendung!“, sagt Jakob.

„Du bist so lieb!“

„Ich liebe dich“, antwortet er mir.

„Ich dich auch!“, flüstere ich.

„Ich muss jetzt leider Schluss machen.“ Ich sehe auf die Uhr. „Wow, so spät, die Kinder müssen ins Bett.“ Eigentlich wollte ich ihm noch von dem Telefonat mit Robert erzählen, aber ich möchte die gute Stimmung nicht verderben.

„Simsen wir uns noch?“, fragt Jakob.

„Natürlich!“ Ich freue mich so!

„Kuss! Bis später!“, sagt er zum Abschied

„Ja, bis später!“ Wir legen auf.

Im Bett sitzend lächle ich vor mich hin. Es hat mich erwischt! Es hat mich so was von erwischt! Unvorstellbar.

Ich reiße mich zusammen und gehe wieder hinunter zu den anderen. Alle sitzen noch immer gemütlich im Innenhof. Die Kerzen flackern in den aufgestellten Laternen. Der Duft des Neusiedlersees weht zu uns herüber. Tief atme ich die Luft ein und setze mich wieder an den Tisch. Ein wenig können die Zwillinge noch aufbleiben, sie unterhalten sich gerade so gut. Da möchte ich sie nicht unterbrechen. Glücklich, ich bin so glücklich. Jakob, mein lieber Jakob. Ich bin so froh, dass es ihm gut geht. Ich werde eine Entscheidung treffen. Wirklich bald. So sehr habe ich ihn vermisst.

Das darf nicht noch einmal passieren. Ich kann mir ein Leben ohne ihn nicht mehr vorstellen.

„Frederike, wir werden dann langsam nach Hause gehen“, unterbricht plötzlich Emma meine Gedanken.

„Ach geh, jetzt haben wir gar nicht mehr miteinander geplaudert“, meine ich enttäuscht.

„Wir kommen morgen mit zum Segeln, die Mädels und ich!“, verkündet sie strahlend.

„Oh, das freut mich!“, antworte ich ehrlich.

„Das wird super!“ meint auch Clemens. Die Zwillinge freuen sich, dass ihre Cousinen mitkommen.

„Na, das sind ja tolle Neuigkeiten!“, meint auch Papa. „Aber ich muss euch darauf hinweisen, dass an Bord keine Handys erlaubt sind, junge Damen, denn wenn wir umfallen, sind sie sonst kaputt.“

„Umfallen, wir können umfallen?“, fragt Sarah erschrocken.

„Geh, alles halb so wild, Opa kann toll segeln, aber Handys würde ich wirklich nicht mitnehmen. Es kann dir ja auch einfach so ins Wasser fallen“, beruhige ich Sarah.

„Ich kläre das schon mit ihnen“, sagt Emma. „Also morgen um 09:00 Uhr beim Boot?“

„Ja, ich freue mich.“ Papa steht auf und umarmt Emma, er scheint sich wirklich zu freuen, dass sie nun doch mitkommen.

Wir verabschieden uns voneinander. Herbert grinst von einem Ohr zum anderen. „Danke für diesen netten Abend bei euch“, sagt er zu Mama und küsst sie links und rechts.

„Das nächste Mal bei uns!“, lädt er uns alle ein.

Danach gehen die vier Richtung Tor und verlassen den Hof. Brigitte verabschiedet sich nun auch, schließlich ist für sie morgen ja ein Arbeitstag.

Sie kommt auf mich zu und sagt: „Also warte nicht zu lange! Wenn du möchtest, ich glaube am Mittwoch habe ich sogar noch etwas frei. Ruf mich einfach morgen an.“

„Gerne“, antworte ich selig. Darauf freue ich mich schon. Endlich mit jemandem reden, endlich meine Geheimnisse loswerden können!

Zu guter Letzt sind noch Mama, Papa, Annika, Andreas und ich mit den Kindern übrig. Ich beschließe, die Burschen nun endlich ins Bett zu bringen, denn morgen fürs Segeln sollten sie ja fit sein.

Die vier bleiben noch beieinandersitzen, sie haben bestimmt noch genug zu besprechen und ich freue mich schon aufs Simsen mit Jakob. Erfreulicherweise darf ich das Ladekabel noch bis morgen früh haben!

Als wir oben ankommen, schicke ich Clemens und Klaus erstmal ins Bad zum Zähneputzen. Als sie außer Sichtweite sind, schnappe ich mir mein Handy, das bei meinem Bett lädt und schaue nach, ob Jakob schon geschrieben hat. Und tatsächlich!

Die paar Stunden ohne von dir zu hören waren qualvoll! So etwas möchte ich nie mehr erleben müssen! Kuss

Mir geht es genauso! Da bemerkte ich wie sehr ich dich vermisse und brauche!, schreibe ich rasch zurück.

Dann sehe ich im Badezimmer nach, ob es meinen Kindern gut geht. Sie stehen nebeneinander und putzen wie wild ihre Zähne. „Sehr brav!“, lobe ich sie.

„Mhmhmhmhhm!“, macht Clemens und lacht mit dem Mund voller Zahnpasta. Meine beiden witzigen Kerlchen!

Wie immer, wenn ich sie so betrachte, packt mich mein schlechtes Gewissen. Denn das Zuhause, welches sie kennen, wird es vielleicht schon bald nicht mehr geben. Ewig kann ich so schließlich nicht weitermachen. Ich werde es

Robert sagen müssen und dann werden wir eine Lösung finden. Hoffentlich. Am meisten fürchte ich seine Reaktion. „Auf, auf, ins Bett, ihr zwei!“ rufe ich. Wir huschen zurück in mein Zimmer und die beiden machen Hechtsprünge in mein altes Sofa. Na hoffentlich übersteht das alte Ding unseren Aufenthalt hier!

„Mama, bitte vorlesen, lies bitte heute einmal vor!“, bitten sie mich im Chor.

„Möchtet ihr keine CD anhören?“, frage ich.

„Nein, na, vielleicht später, aber jetzt bitte lies vor!“, ersucht mich Clemens eindringlich.

Wer kann da schon nein sagen? In zwei, drei, ja vielleicht schon in einem Jahr möchten sie mich nicht einmal mehr in ihrem Zimmer haben! „Also gut, wartet, was haben wir denn da?“ Ich suche bei unseren Büchern nach etwas Passendem. „Hey, hey, Wicky“, wird es schließlich. „Hey, hey Wicky, hey Wicky hey, setz fest das Segel an! Hey, hey Wicky, die Wikinger sind hart am Winde dran! Na na na na na! Na na na na na Wicky! Hey!“, singen wir zusammen.

„Das passt ja zu unserem morgigen Ausflug, Mama!“, meint Klaus lächelnd. Dann beginne ich die Geschichte vorzulesen.

Ich habe selbst als Kind die Bücher von Wicky und seinen Männern verschlungen oder im Fernsehen angesehen! Das waren noch Zeiten, Am dam des, Biene Maya, Nils Holgerson! Nicht so einen Schwachsinn, den es heute im Fernsehen zu sehen gibt! Die Kinder kuscheln sich in ihre Decken, ich quetsche mich zu ihnen und lese und lese und sehe, wie sie kämpfen, um wach zu bleiben. Meine zwei tapferen Krieger verlieren aber schon bald den Kampf gegen den Schlaf und befinden sich im Traumland. Das sind die Momente, die man festhalten möchte, im Herzen auf ewig abspeichern. Die beiden Wesen sind das Beste, was mir je passiert ist. Diese Höhen und Tiefen der Elternschaft sind enorm! Kinder kosten viel Energie und Nerven, manchmal frage ich mich rückblickend, wie ich das alles geschafft habe, und es geht ja noch weiter! Andere Herausforderungen werden auf mich zukommen! Aber ich habe ja nur zwei! Wie bewerkstelligen das andere Familien mit noch mehr Kindern oder Alleinerzieher/innen? Als voll berufstätige Frau der Mittelschicht ist es ein Balanceakt alles unter einen Hut zu bringen. Die unmöglichen Betreuungszeiten der Kindergärten. Die Kosten der Nachmittagsbetreuung sind enorm und die Qualität lässt leider zu wünschen übrig! Im Hort kümmerte sich am Nachmittag eine Hortpädagogin um 24 Kinder! Kein Wunder, dass ständig jemand verletzt war und die Rettung kommen musste! Wir Eltern treffen für unsere Kinder Entscheidungen, die sie ihr ganzes Leben lang beeinflussen. Das ist eine große Verantwortung. Angefangen beim Namen, eventuell eine Religion, Schule, Sport und Scheidung, hach, verdammt, es tut mir so leid. Was ist besser? Streitende Eltern oder ein glückliches Paar? Aber was ist nach der ersten Verliebtheit? Sind die Kinder von jemand anderem im Alltag auszuhalten?

Ich werde müde. Am liebsten wäre ich gleich mit eingeschlafen, aber dafür ist es mir jetzt hier eindeutig zu eng. Ich bekomme Platzangst. Die beiden kleben an mir. Ich schäle mich aus ihren Umarmungen und höre plötzlich Bing! Ah! Eine neue SMS.

Neugierig hole ich das Handy hervor und lese eine neue Nachricht von Jakob:

Na Prinzessin! Dann hatten diese Stunden auch etwas Gutes! .... Du hast festgestellt, dass du den Prinzen vermisst!

Ich muss lächeln und schreibe natürlich sofort zurück!

I: *Ja, ja Prinzesschen konnte nicht schlafen, ohne zu wissen, wo der Prinz sich aufhielt!*

J: *Prinzessin auf der Erbse?*

I: *Haha! Ich habe sehnsüchtig auf eine Nachricht von dir gewartet.*

J: *Soll ich dich retten kommen auf dem weißen Pferd?*

I: *Eine Kutsche wäre mir lieber, mein Liebster, denn ich reise mit Gepäck und meinen Nachfolgern!*

J: *Ach ja, dein liebster Nachwuchs! Für den stehen schon die Zimmer bereit!*

I: *Wie meinst du das?*

J: *Das erzähle ich dir morgen!*

I: * Bist du in deinem Schloss?*

J: * Yes, ganz alleine und einsam :-(*

I: *Ich liebe Dich!*

J: *Ich dich auch! Schlaf gut!*

I: *Heute bestimmt! Denn ich weiß, dass es dir gut geht!*

I: *Schlaf du auch gut!*

J: *Bis morgen! Ich freue mich schon auf Dich!*

I: *Ich freue mich auch, dich wiederzusehen!*

J: *Dich zu sehen, zu riechen, zu spüren, dich einfach zu berühren!*

I: *Du Dichter!*

J: *Ein dichtender Prinz!*

I: *Ich habe ein Glück!*

J: *Das hast du dir verdient!*

I: *Habe ich das?*

J: *Ja, hast du und jetzt schlaf, meine Prinzessin! Schöne Träume!*

I: *Ja, von dir!*

J: *Kuss!*

I: *auf die Nuss*

J: *Hey, du freche Laus!*

I: *Hihihhihii! Kuss!*

Plötzlich fällt mir etwas Geniales ein!

I: *Jakob, könntest du mir bitte ein Ladekabel für mein Handy besorgen? Dann hätten wir morgen zusammen mehr Zeit!*

J: *Kein Problem! Mache ich! *

I: *Weißt du welches Handy?*

J: *Du hast das gleiche wie ich…!*

I: *Super, vielen Dank!*

J: *Gerne, Prinzessin! Gute Nacht!*

Ich grinse wie ein Grinsepeter! Er ist der Wahnsinn!

Herrlich, heute kann ich bestimmt gut schlafen! Aber zuerst muss ich den anderen noch gute Nacht sagen. Also wieder runter nach draußen. Sie unterhalten sich angeregt. Als ich näherkomme, verstummen sie. Annika und Andreas sehen völlig entspannt aus.

„Ich möchte euch nur eine gute Nacht wünschen! Und danke für das herrliche Essen!“, sage ich.

„Bitte, gerne!“ Mein Vater hat glasige Augen. Entweder zu viel Alkohol oder Müdigkeit. Ich frage nicht nach.

„Morgen um acht Uhr aufstehen und um neun beim Boot?“, vergewissere ich mich noch einmal.

„Ja, natürlich, Fredy, wie abgemacht.“ antwortet Papa.

„Gute Nacht!“ rufen wir einander zu und ich schlendere wieder zurück.

Nach der routinemäßigen Pflegeprozedur im Badezimmer gehe ich schlafen und stelle fest, dass ich heute sehr entspannt bin. Mein Handy drehe ich wegen der Strahlungen ab. Die Prinzessin auf der Erbse drückt heute keine Erbse!

Klopf, klopf ... Klopf, klopf! Der Kopf meiner Mutter erscheint im Türspalt. „Hey, ihr Schlafmützen, aufstehen! Es ist acht Uhr!“

„Guten Morgen, Mama! Danke für‘s Wecken!“ Ich lächle sie an. Wann schläft sie eigentlich?, frage ich mich.

Die Zwillinge sind sofort hellwach. „Segeln, wir gehen Segeln! Jippieh!“, singen sie im Chor.

Ich fühle mich herrlich! So ausgeschlafen! Das ist unbezahlbar! Die besten Dinge im Leben sind kostenlos. Schlafen und ein Orgasmus!

Hurtig machen wir uns fertig, denn Opa darf man nicht warten lassen. Er ist bereits fort, als wir in die Küche kommen, da er schon alles vorbereiten möchte. Die Türe von Annikas Zimmer ist noch geschlossen, also mützeln die beiden noch. „Müssen die beiden gar nicht arbeiten?“, frage ich Mama neugierig.

„Noch nicht, montags ist die Praxis erst ab 16:00 geöffnet.“

Während wir frühstücken, frage ich neugierig weiter: „Geht es ihnen besser?“

„Viel besser! Das Gespräch mit Brigitte hat ihnen sehr gutgetan, sie werden weiter zu ihr gehen.“ Mama lächelt ein wenig vor sich hin, während sie ihre warme Teetasse in den Händen hält.

„Wie geht es dir damit, Mama, wenn du weißt, dass deine Tochter keine Kinder bekommen kann?“ Diese Frage beschäftig mich.

„Es macht mich auch sehr traurig, zumal die beiden bestimmt wunderbare Eltern wären, aber gegen die Natur kannst du nichts machen."

„Glaubst du, dass sie über eine Alternative nachdenken?"

„Was ich bis jetzt so herausgehört habe, eher nicht, sie haben so viel Negatives über Adoption oder Pflegekinder gehört, aber wer weiß, was kommt." Mama sieht mich traurig an. „Das Wichtigste ist doch, dass wir alle gesund bleiben und dankbar für die Kinder, die in unserer Familie schon sind!", meint sie schlussendlich und drückt meine Hand.

Clemens und Klaus waren ganz still und haben zugehört, während sie ihre Marmeladesemmeln aßen. „Tante Annika kann keine Kinder bekommen?", fragt Clemens.

Oh je, da hätte ich mit meinen Fragen besser aufpassen müssen! Die beiden bekommen natürlich alles mit.

Ich sehe Mama entschuldigend an. Sie zuckt nur mit den Schultern. „Ja, eure Tante kann leider keine Kinder bekommen", antwortet sie klar und sachlich.

„Das ist aber schade, sie ist so lieb", bedauert Clemens mit trauriger Miene.

„Aber bitte, ihr Lieben, sprecht es nicht vor den anderen an, gut? Wir wollen die Tante nicht verletzen, ok? Sie weiß es erst seit Kurzem und muss sich erst daran gewöhnen", bitte ich die beiden und hoffe, ich habe mich halbwegs verständlich ausgedrückt. Aber nachdem sie beide nachdenklich nicken, nehme ich an, sie haben mich verstanden.

Wir packen schweigend unseren Proviant für die Bootsfahrt ein. „Möchtest du nicht mitfahren?", frage ich Mama.

„Nein, nein, ich habe noch genug im Garten zu tun! Soll der Papa mal mit euch alleine segeln, ich bin eh so oft draußen mit ihm", meint sie.

Sie flüstert mir zu: „Ich bin froh, wenn ich mal alleine im Garten werken an, ohne dass er mir ständig über die Schultern schaut." Sie kichert leise.

Ah, jetzt habe ich es verstanden! Ich lache. „Alles klar, kenne mich aus!"

Bevor wir losmarschieren, sende ich Jakob noch schnell ein *Guten Morgen! Fahren nun mit dem Boot raus! Bin daher einige Stunden nicht erreichbar! Kuss, Kuss! Freue mich auf später!*

„Tschüss Oma!", rufen die Zwillinge und winken meiner Mama, die an der Eingangstüre steht. Sie sieht uns nach, lacht und winkt. Wenn ich sie so sehe, bin ich glücklich und froh darüber, dass sie so fit und vital ist. In unserem Bekanntenkreis haben schon einige einen Elternteil verloren. Das muss höllisch weh tun. Ich schicke ein kurzes DANKE in den Himmel! Danke, dass ich sie noch habe.

Ich bin mir nicht sicher, ob es einen Gott gibt, und wenn ja, welchen. Wir hätten ja einige zur Auswahl. Ich bin jedoch überzeugt davon, dass es wichtig ist, ein guter Mensch zu sein. Wie gut bin ich, wenn ich meinen Mann verlasse?

„HAllooooo Hallööööchen!!!", begrüßt uns Emma schon von weitem. (Oh, diese hohe Kasperlstimme!!!) Clemens hält sich seine Ohren zu. „Tante Emma, wieso redest du manchmal wie der Kasperl und so laut??", fragt er genervt und blickt sie dabei fragend an. Oh je! Kindermund tut Wahrheit kund!

Emma sieht ihn verwundert an. „Clemens, so etwas sagt man nicht!", ermahne ich ihn. Die anderen lachen. Nur die Zwillinge kennen sich nicht aus. Sie blicken von einem zum anderen. „Was ist daran so lustig?", fragt Clemens.

„Weil es an der Zeit ist, dass es ihr jemand sagt, bravo, Clemens!“, lacht Papa. Er amüsiert sich köstlich.

Jetzt wird Emma aber verärgert. „Ich klinge wie der Kasperl?“, fragt sie entrüstet.

„Ja, Mama, es stimmt, immer wenn du so rufst oder lachst, dann hörst du dich an wie der Kasperl“, gluckst Sarah ungeniert weiter.

„Das finde ich jetzt aber gar nicht witzig, dass ihr euch über mich lustig macht!“, antwortet Emma beleidigt.

„Ach, komm, ist doch nicht so schlimm, los jetzt! Alle Mann an Bord! Schön, dass meine Töchter so pünktlich sind! Das nenne ich Respekt!“, ruft mein Vater. Wir klettern allesamt auf unser schönes Boot. Es schwankt und wackelt und es ist schon eine riesen Hetz, bis wir alle drauf sind. Gleich darauf verstauen wir unseren Proviant.

„Ich müsste noch aufs Klo“, piepst Emma plötzlich ganz leise. Es ist ihr sichtlich unangenehm.

„Ich auch“, schließt Klaus sich ihr an.

„Na Gott sei Dank fällt euch das jetzt ein und nicht auf hoher See!“, meint Papa theatralisch und zeigt hinaus auf den Ozean, äh Neusiedlersee. Wie lustig ist er denn? Was hat er heute genommen? Ich freue mich, dass er so gut aufgelegt ist. „Also, allesamt wieder festhalten, zwei Crewmitglieder verlassen das Schiff zum Pinkeln“, quasselt er fröhlich weiter. Die restliche Besatzung muss lachen. Na das kann ja heiter werden.

Als wir kurz darauf wieder vollzählig sind, geht es endlich los! „Ach, wie herrlich!“, rufe ich laut und lache über das ganze Gesicht. Es gibt doch nichts Schöneres, als mit einem Boot über das Wasser zu gleiten.

„Klar zum Ablegen, Steuerbord voraus!“, ruft Papa.

„Ist klar“, rufen wir.

„Klar bei Vorleine!“, ruft er erneut.

„Ist klar!“, antworten wir und lachen. Diese Kommandosprache klingt immer wieder so seltsam, aber so spricht man eben auf einem Boot und wir wissen, was gemeint ist.

Wir verbringen ganze vier Stunden auf dem See! Es ist fantastisch! Erst als uns die Getränke ausgehen, denken wir darüber nach umzukehren. Die Stimmung hätte nicht besser sein können. Die Kinder unterhalten sich angeregt oder wir schweigen auch alle einmal, denn das Wasser wirkt seltsam beruhigend. Dann starren wir ins Leere und vergessen alles rundherum. Mein Vater hat das Kommando, er ist der Skipper und wir folgen ihm als seine Crew. So hat er es am liebsten, glaube ich. Im wahren Leben läuft es anders, da ist es angenehm, diese paar Stunden sich einfach mal treiben zu lassen. Zwischendurch hüpfen wir ins Wasser, um uns abzukühlen, denn es ist heute ganz schön heiß. Welch ein Luxus, denke ich. Ich sollte öfters wieder zum Segeln kommen. Ich hatte ganz vergessen, was für eine positive Auswirkung dieser Sport auf mich hat. Die Atmosphäre ist so schön, dass ich beschließe, keine ernsten Themen anzusprechen. Ich lasse alles an Land und genieße den Moment, hier und jetzt.

Als wir wieder zurückkommen versorgen wir gemeinsam das Boot und schlendern danach langsam zurück zu unserem Haus. Ich küsse Papa auf die Wange und bedanke mich für diesen tollen Ausflug.

Alle wirken tiefenentspannt. Zu Hause angekommen finden wir ein leeres Haus vor. Mama ist ausgeflogen und Annika und Andreas dürften auch schon wieder fort sein.

Auf dem Kühlschrank klebt ein Zettel: „Gemüselasagne in den Ofen schieben! Bussi, Mama.“ Sie denkt wirklich an alles.

Also geht die Völlerei weiter! Wenn das so weitergeht, bekomme ich meine Jeans bald nicht mehr zu. Ich bin es gar nicht gewohnt, so viel zu essen.

Gemeinsam decken wir den Tisch und verschlingen das gute Essen. Jetzt sehen wir alle ziemlich erschöpft aus. Clemens und Klaus fragen mich, ob sie fernsehen dürfen. Ich stimme zu. Ein wenig Entspannung kann ihnen jetzt nicht schaden, überhaupt, wo es jetzt so heiß draußen ist, denke ich, dass es besser ist, wenn sie erstmal drinnen bleiben.

„Möchtet ihr heute Abend bei uns vorbeischauen?“, fragt mich Emma. Ich bin überrascht über ihre Einladung, ich kann mich gar nicht mehr erinnern, wann ich das letzte Mal bei ihr war.

„Gerne!“, antworte ich erfreut. „Sollen wir etwas mitbringen?“

„Nein, nein, brauchst du nicht, so gegen 18:00?“

Ich sehe auf meine Uhr. Das wird knapp mit meinem Treffen mit Jakob. Da blieben uns ja nur knappe zwei Stunden!

„Wie wäre es mit 19:00 Uhr? Ich möchte noch einkaufen fahren, ich brauche ja dringend ein Ladekabel“, antworte ich und hoffe, dass sie einverstanden ist.

„Ok, wenn das für die Burschen dann nicht zu spät ist?“

„Geh, die haben Ferien, das halten die schon aus.“

„Na, dann kommt um sieben!“

„Mama und ich auch?“, fragt Papa mit hochgezogenen Augenbrauen. „Oder möchtet ihr unter euch sein?“

„Nein, nein! Natürlich ihr auch!“, antwortet Emma. „Papa, danke übrigens für diesen herrlichen Segelausflug“, lacht Emma ihn an, steht auf und umarmt ihn ganz fest.

Papa ist gerührt. „Gerne! War mir eine Freude!“

Emma schnappt ihre Töchter, die schon wieder in ihre Handys vertieft sind, und fährt nach Hause, um für den heutigen Abend alles vorzubereiten.

„Wäre das in Ordnung, wenn ich dir die Jungs hierlasse und schnell nochmal losfahre, um mir ein Kabel zu besorgen?“, frage ich Papa.

„Natürlich, kein Problem, wir machen es uns gemütlich“, stimmt er Gott sei Dank zu. Ich lüge ja nur halb, schließlich bekomme ich ja ein Kabel, das Treffen mit Jakob lasse ich einfach weg.

Schnell laufe ich in mein Zimmer und checke mein Handy. Ah! Jakob hat schon geschrieben.

Bin unterwegs, meine Liebe! Melde dich, wenn du weißt, wann und wo wir uns treffen können

Ich fahre gleich los, kann in 40 Minuten in Neusiedl sein. Treffen wir uns im Café zum Seeblick?, tippe ich hastig ein und eile ins Bad, um mich ein wenig frisch zu machen. Als ich aus der Dusche steige, fühle ich mich wie neu geboren. Oh, wie ich mich freue, ich bin total aufgeregt!

„Mama!“, kreischt da plötzlich von unten Clemens.

Ach Gott, was ist denn jetzt bei den beiden los?, denke ich genervt, denn eigentlich möchte ich so schnell wie möglich fort. In Windeseile schlüpfe ich in frische Unterwäsche und ziehe mir ein luftiges Sommerkleid über den Kopf.

„Was ist?“, brülle ich hinunter und kämme mir dabei die Haare.

„Komm her! Klaus hat mir die Hand verdreht!“, schreit Clemens weiter.

„Stimmt gar nicht!“, verteidigt sich Klaus lautstark.

Verdammt, immer, wenn man es eilig hat! So lange waren die beiden friedlich und ausgerechnet jetzt müssen sie anfangen zu streiten.

Noch ein letzter Blick in den Spiegel. Toll sehe ich aus. Erholt, mit leichter Farbe, wunderbar, Moment, ein bisschen Rot auf den Lippen kann nicht schaden! Hastig schnappe ich mir mein Lippgloss und betupfe meine Lippen. So, jetzt bin ich zufrieden.

Von unten höre ich die immer lauter werdende Streiterei der Zwillinge. Ich stürme hinunter, um Schlimmeres zu verhindern.

Da kommt mir Papa schon zuvor. „Ja, sagt einmal, habt ihr den Verstand verloren?!“, faucht er sie an. „Man hört euch ja bis auf die Straße! Was ist los mit euch? Kaum lässt man euch alleine, flippt ihr aus? Habt ihr einen Sonnenstich!?“

Die beiden lassen voneinander ab. „Aber er hat angefangen!“, versucht Clemens zu erklären.

„Stimmt gar nicht! Er hat mich zuerst von der Bank geschubst! Er möchte immer den ganzen Platz haben. Ich habe mich nur gewehrt!“

Die beiden haben ganz rote Köpfe, die Haare sind zerzaust und alle Polster liegen auf dem Boden verteilt.

„Beruhigt euch!“, mische ich mich ein. „Wer, wen, was hat, können wir nicht nachvollziehen. Möchtet ihr fernsehen oder lieber nach oben gehen?“, frage ich sie und greife nach der Fernbedienung.

„Nichts da!“, meldet sich mein Papa und dreht den Fernseher gleich direkt ab. „Ihr geht nach oben, los! Da gibt es gar keine Diskussion. Eine halbe Stunde in euer Zimmer und danach versuchen wir es erneut. Wenn es wieder nicht klappt, dann wieder nach oben, okay? Das Spiel kann ich ewig spielen, wenn es sein muss."

Die beiden und ich sehen ihn mit großen Augen an. Soso, so streng ist mein Vater? Wow, das ist ja interessant.

Klaus und Clemens beobachten mich und warten darauf, dass ich für sie Partei ergreife. Ich kämpfe innerlich mit mir, entscheide mich aber dafür, dass mein Papa recht hat.

„Also dann, ihr habt Opa gehört, rauf mit euch!", bestätige ich ihn.

Entgeistert blicken sie jetzt mich an. Aber ich bleibe bei meiner Meinung. Nicht nur weil ich dringend, DRINGEND, weg möchte, sondern weil ich diese ewigen Streitigkeiten der beiden satthabe. Jetzt waren sie in den letzten Tagen so lieb und dann ticken sie plötzlich wieder völlig aus. So oft erlebe ich das zu Hause! Da ist es gut, wenn mal ein Mann mit ihnen Tacheles redet. Robert unterstützt mich dabei viel zu selten. Dabei gehören Jungs doch vor allem von Männern erzogen, oder?

„Und zuerst wird hier aufgeräumt, was fällt euch ein, unser Sofa so zu verwüsten?", schimpft Papa weiter.

„Kann ich dich wirklich mit ihnen alleine lassen?", frage ich vorsichtig.

„Du fährst weg?", fragt Clemens erschrocken.

„Nein, bitte nicht!", raunzt Klaus. „Lass uns nicht alleine!"

„Ihr seid nicht alleine, Opa ist ja hier", antworte ich und deute mit einem Grinsen auf meinen Papa. Die Jungs sehen ihren Opa wenig begeistert an.

„Passt schon, fahr ruhig, die beiden Tiger werde ich schon zähmen", antwortet mein Papa und deutet auf die Türe.

Das lasse ich mir nicht zweimal sagen. „Also dann, Tschüss! Bis später!“, trällere ich noch und sehe zu, dass ich so schnell wie möglich wegkomme.

Erleichtert lasse ich mich hinter mein Lenkrad fallen, kurble rasch das Fenster runter, bevor mein Duschvorgang von vorhin umsonst war und starte meinen süßen orangenen Oldtimer. Radio auf volle Lautstärke! Ja, jetzt kann es losgehen!

Bing!, ertönt es da aus meiner Handtasche.

Habe das Lokal gefunden! Bin schon da!

Oh je, er ist schon dort, na dann los!

Wurde aufgehalten von meinem Nachwuchs, aber mein Erzeuger kümmert sich nun darum! Bin gleich da! Kuss!, antworte ich bevor ich losfahre.

Ich bin so aufgeregt! Es dauert nicht mehr lange, dann sehe ich ihn wieder! Meinen Traummann, meinen Süßen, ich freue mich so!

Vergessen ist der Stress mit den Kindern, vergessen ist jedes Schuldgefühl. In einem solchen Moment der Erwartung zählt nur die Freude des Wiedersehens. Das Kribbeln im Bauch, das Dauergrinsen, der Schweißausbruch. Ach herrje! Der Schweißausbruch!

Ein kurzer Blick unter meine Achseln reicht, um zu erkennen, dass ich bereits nasse Ränder aufweise. Ich drehe die Lüftung auf und richte sie unter meine Arme. Aber es kommt nur tropisch heiße Luft heraus und macht die Sache noch schlimmer.

Nervös rutsche ich auf meinem klebrigen Sitz hin und her. Ich spüre die Sitzfedern und wie mir der Schweiß den Rücken hinunter rinnt. Verdammte Hitze, verdammte Aufregung! Was, wenn ich auch noch einen nassen Fleck am Hintern habe?

Bing!, ertönt es da aus meiner Tasche.

Nicht nachsehen!, ermahne ich mich. Während der Autofahrt kein Kramen in der Handtasche!

Vor mir kriecht ein alter Peugeot wie eine Schnecke dahin. Meine Geduld wird auf die Probe gestellt. Da sehe ich, dass auf der Gegenfahrbahn niemand kommt! Jippieh! Ich traue mich! Mutig sein! Altes Auto, zeig was du draufhast!

Ich schalte einen Gang zurück und steige aufs Gas! Los jetzt, ich möchte endlich meinen Jakob wiedersehen!

Mit ganzen 100 km/h überhole ich das Schneckenauto und genieße endlich den Fahrtwind, zumindest unter der linken Achsel.

Vor lauter Euphorie bemerke ich zu spät das Polizeiauto auf der rechten Seitenstraße. Ich brause weiter mit wehendem Haar, im hohen Tempo direkt an der Verkehrstafel 80 km/h vorbei. Scheiße!

Da sehe ich sie schon hinter mir mit Blaulicht. NEIN! Am helllichten Tag stehen die hier rum! Ich drossle das Tempo, schnalle mich hastig an und spüre, wie ich rot anlaufe. Aufgeregt lasse ich mein treues Auto an den Straßenrand rollen. Wie peinlich! Einmal fahre ich mein altes Gefährt schneller als erlaubt und werde dabei erwischt! Wie oft wurde ich schon überholt und geschnitten und beschimpft, weil wir so langsam sind!

Das Polizeiauto fährt an mir vorbei und parkt sich direkt vor meinem Bus ein. Geschieht dir ganz recht, Frederike! Möchtest dich illegal mit einem fremden Mann treffen und wirst von der Polizei aufgehalten!

Die Polizisten, nein, ein Polizist und eine Polizistin, steigen aus und kommen auf mich zu.

„Ich schäme mich so!“, sage ich gleich mal spontan zum Fenster raus, was ja auch stimmt. „Es tut mir wirklich schrecklich leid!“, versuche ich sogleich die Schuld einzugestehen, um somit wenigstens reumütig zu wirken. Doch die beiden lassen sich davon nicht beeindrucken.

„Fahrzeugpapiere und Führerschein, bitte!“, fordert sie mich mit strenger Stimme auf. „Sie wissen also, warum wir Sie aufgehalten haben?“, fragt der Herr Polizist.

„Ja, ich bin wohl zu schnell gefahren.“

In diesem Augenblick trudelt der Schnecken-Peugeot an uns vorbei. Heraus sieht eine alte Frau und winkt mir! Die blöde Kuh! Hinter ihr kriecht eine Kolonne von Autos mit genervt dreinblickenden Autofahrern.

„Sehen Sie, diese Frau hält den ganzen Verkehr auf!“, verteidige ich mein schnelles Fahrverhalten. „Ich habe sie nur überholt, da ich es hinter ihr nicht mehr ausgehalten habe!“

„Deshalb müssen Sie sich trotzdem an die Verkehrsregeln halten!“, unterbricht mich die Frau Polizistin streng.

„Ja natürlich, wissen Sie, ich fahre doch sonst nicht so schnell, ich war ganz überrascht, dass der alte Kasten so beschleunigen kann und habe zu spät auf die Bremse gedrückt“, jammere ich weiter.

„Sie haben telefoniert und waren nicht angeschnallt“, hält sie mir nun vor.

„Moment, ich habe nicht telefoniert! Das kann ich beweisen! Sehen Sie? Mein Handy ist in der Tasche!“

„Zeigen Sie mal her!“, fordert er mich auf.

Ich fische mein Telefon heraus und reiche es ihm. Übers Anschnallen sage ich besser nichts.

Plötzlich hält sie mir einen Alkomaten unter die Nase.

„Haben Sie Alkohol getrunken?“

„Nein, um Gottes Willen, habe ich nicht!“

„Na, dann bitte einmal blasen!“, werde ich aufgefordert.

Ich muss plötzlich grinsen. Einmal blasen, ja, bitte, gerne! Hier am Straßenrand, denke ich mir und mein Grinsen wird breiter.

Die Autos fahren an uns vorbei und ich blase manierlich ins Röhrchen. Die Situation ist wirklich originell.

„Was gibt es da zu grinsen?“, fragt sie mich grantig.

„Nichts, nichts“, antworte ich rasch und sehe von ihr weg, damit ich nicht lospruste.

„0,0 Promille“, brummelt sie fast enttäuscht.

„Sag ich doch!“, antworte ich.

Nachdem ich dann noch Pannendreieck, Autoapotheke und die schicken Warnwesten vorweisen kann, lassen sie mich gnädigerweise mit einer Geldstrafe davonkommen.

„Kann ich bitte mein Handy wiederhaben?“, frage ich.

Der Herr Polizist reicht es mir durchs Fenster und lächelt: „Ich glaube, Sie werden erwartet, aber jetzt fahren Sie mir nicht mehr zu schnell, verstanden? Übrigens schickes Auto!“ Er klopft auf die Motorhaube und die beiden verziehen sich zurück in ihr Polizeiauto.

Diese Schweinebacke! Ich sehe auf mein Handy. Er hat es sich doch tatsächlich angesehen! Es ist nicht versperrt und man kann die Nachrichten lesen.

Wo steckst du denn?

Warte seehhhnsüchtig auf Dich. KUSSS!, lese ich.

Ich schüttle den Kopf, wie ist das denn möglich? Aber egal, soll er es doch gelesen haben.

Bin von der Polizei aufgehalten worden, fahre nun weiter! Fünf Minuten! Kuss, tippe ich bevor ich wieder losfahre. Diesmal angeschnallt und langsam.

Kurz darauf sehe ich bereits den Parkplatz des Café Seeblick und Jakobs Auto! Mein Puls steigt! Mir ist ganz kribbelig. Ich stelle mein Auto ab und eile zum Eingang. Da sehe ich ihn bereits durchs Fenster. Er sitzt an der Bar, trinkt aus einer Kaffeetasse und unterhält sich mit dem Kellner. Neben ihm liegt die Zeitung. Der Arme wartet schon so lange. Er hat mich noch nicht bemerkt. Für ein paar Sekunden zögere ich, beobachte ihn, halte dieses Bild in meinem Kopf fest. Wie schön er ist und elegant. Er ist so kommunikativ und freundlich. Er bleibt nicht in einer Ecke alleine sitzen, er spricht die Menschen an, ist neugierig und interessiert. Rasch scanne ich die übrigen Gäste, welche ich vom Fenster aus sehen kann. Keiner da, den ich kenne. Ich öffne die Türe, nur noch wenige Meter trennen uns. Jakob dreht sich zu mir um, erblickt mich und ein Lächeln breitet sich auf seinem Gesicht aus. Es bilden sich lauter kleine Lachfalten um seine blitzenden Augen. Mein Herz macht einen Sprung. Sportlich rutscht er von seinem Hocker und kommt mir einen Schritt entgegen. Was soll ich tun? Ihm um den Hals fallen, die Hand schütteln, Küsschen links und rechts, was, wenn uns jemand sieht?

Weiter komme ich nicht zum kompliziert Denken. Jakob umarmt mich einfach und hält mich fest. Ich spüre seinen heißen Atem bei meinem Ohr. Ich bekomme trotz der Hitze Gänsehaut. Ich rieche sein Parfum, spüre seinen Körper, meine Brüste pressen sich gegen ihn, es tanzen tausende Schmetterlinge in meinem Bauch. Alles rund um uns vergesse ich, alles löst sich in Luft auf. Wir lösen uns langsam voneinander, sehen uns tief in die Augen und wie von selbst finden unsere Lippen zueinander. Alle Vorsicht werfe ich über Bord und wir küssen uns behutsam und zärtlich mitten im Café Seeblick.

Als wir uns loslassen, blicke ich mich verstohlen um, muss mich an ihm festhalten, damit ich nicht den Halt verliere. „Schön, dass du da bist. Gott sei Dank haben sie dich nicht verhaftet“, flüstert er lächelnd.

Ich schmelze dahin, wie eine Eiskugel im Sonnenlicht. In Gedanken stürze ich mich auf ihn, reiße ihm seine Kleidung vom Leib und erforsche mit dem Mund gierig diesen fantastischen Körper.

Aber in der Realität nehme ich mich natürlich zusammen, sammle all meine noch vorhandene Vernunft und bringe dennoch nur ein Nicken zustande. Wie eine kleine Dumpfbacke stehe ich da und habe jeglichen Wortschatz verloren. Ich fühle mich wie in Trance und versuche wieder klare Gedanken zu fassen. Cool und tough möchte ich wirken, vergeblich.

Wir setzen uns in eine Nische mit Fenster an einen kleinen runden Tisch, um ungestört miteinander reden zu können. Neben uns spiegelt sich die Sonne im Wasser. Jakob bestellt uns zur Feier des Tages zwei Gläser Sekt.

„Bitte auch ein großes Glas Wasser“, füge ich hinzu, denn ich verspüre einen großen Durst. Mein Mund ist trocken und meine Kehle kratzt, kein Wunder. wo doch jegliche Körperflüssigkeit, naja, lassen wir das …

Wir sitzen uns gegenüber und lächeln uns an. Keiner von uns spricht, ich bin zu aufgeregt. Noch immer bringt er mich aus der Fassung. Das ist wunderbar. Nach und nach nehme ich die anderen Gäste im Lokal wahr. Die meisten sind zu zweit, unterhalten sich, haben uns und unsere Liebe, unser Geheimnis, gar nicht wahrgenommen. Diese ständige Angst, erwischt zu werden, macht mich verrückt, oder macht gerade das das Ganze noch aufregender?

Der Kellner bringt uns unsere Getränke und ich trinke gierig das ganze Glas Wasser in einem Zug aus. Die Wasserverteilung im Körper ist nun wieder einigermaßen gleichmäßig hergestellt.

Allmählich sammle ich mich, ordne meine Gedanken und vor allem finde ich meine Sprache wieder und kann in ganzen Sätzen reden.

„Ich habe dich so vermisst“, bringe ich heraus und studiere sein Gesicht, seine Reaktion. Er greift nach meiner Hand und hält sie fest. Sie ist warm und ich fühle leichte Schwielen an seinen Fingern. Es fühlt sich so verdammt männlich an.

Er beugt sich über den Tisch und küsst mich erneut.

„Ich dich auch!“, antwortet er.

„Ich dachte, es ist aus, als ich nichts mehr von dir gehört habe! Ich habe mir solche Sorgen gemacht!“

„Das war ein Zeichen, Frederike!“

„Ich weiß.“

„Lass uns anstoßen, komm!“, sagt er und reicht mir ein Sektglas. „Auf uns, schön, dass wir uns jetzt sehen.“

Wir stoßen an, die Gläser klirren, meine Hand zittert leicht, das ist mir unangenehm. Er hat es registriert.

Jakob greift nach meiner Hand. „Was ist los mit dir?“, fragt er besorgt.

„Ich bin so aufgeregt“, antworte ich im Flüsterton.

Er steht auf, nimmt seinen Sessel und stellt ihn neben meinen. Somit sitzen wir uns nicht mehr gegenüber, sondern nebeneinander. Er legt seinen Arm um meine Schultern.

Ich spüre seine Wärme an meiner Seite und empfinde es trotz Hitze nicht als unangenehm, sondern behaglich. Ich fühle mich in seinen Armen geborgen und beschützt, als ob nichts und niemand uns etwas anhaben könnte. Mein Kopf schmiegt sich von alleine an seine Schulter.

Er riecht so gut, so anziehend. Glücklicherweise funktioniert mein Deodorant und hat gehalten, was es verspricht.

„Jetzt musst du mir aber erzählen, warum dich die Polizei aufgehalten hat“, sagt Jakob schmunzelnd und ich berichte ihm ausführlich von meiner Polizeikontrolle.

Wir lachen über meine Geschichte. Plötzlich sieht er mich nachdenklich an.

„Und wie geht es dir sonst? Wie ist es bei deinen Eltern?“, fragt er mich.

„Gut, gut, ich bin froh, etwas Abstand von Robert zu haben. Er tut mir so leid, ich habe ihm gegenüber ein solch schlechtes Gewissen. Gleichzeitig könnte ich ihn an die Wand klatschen.“ Jakob nickt nur und hört mir zu. „Wir haben uns immer häufig gestritten, aber jetzt ist es anders, er spürt etwas.“

Ich erzähle ihm von unserem Telefonat.

Jakob sieht mich nun sehr ernst an. „Das musste ja passieren, Frederike. Du solltest es ihm sagen. Und egal, was passiert, ich bin für dich da. Glaub mir, ich meine es ernst.“

„Ich habe Angst. Was passiert dann? Wie ist seine Reaktion? Und was sage ich den Kindern? Er wird das Haus nicht aufgeben, das ahne ich. Er wird nicht gehen, ich kann es auch nicht verlangen. Aber was soll ich dann tun?“

„Du kommst zu mir! Du und die Kinder! Ich habe so viel Platz, das reicht für uns alle.“

„Du bist verrückt. Du kennst uns doch gar nicht. Du kennst meine Kinder nicht! Sie sind laut und anstrengend. Und überhaupt, was heißt, du hast so viel Platz? Soweit ich weiß, ist dein Haus nicht besonders groß. Wir hätten zusammen vier Kinder!“

„Erstens: Das macht doch nichts, meine Kinder können auch recht wild sein, so gleicht sich das wenigstens aus.

Zweitens: Ich meine nicht mein Haus, sondern das meiner Tante."

„Das deiner Tante?", frage ich verwirrt.

„Ja, sie lebt alleine auf einem großen Hof in unserem Ort und ist einverstanden, mit mir das Haus zu tauschen. Sie zieht in mein kleines Haus und wir können ihres haben. Überschrieben hat sie es mir schon seit langer Zeit, aber ich hatte keinen Grund einzuziehen. Jetzt gibt es einen."

Verblüfft sehe ich ihn an. „Wie, das hast du alles schon geplant?"

„Ja, ich habe ihr von dir erzählt und sie freut sich so für mich, dass sie bereit ist, den Tausch vorzunehmen. Sie ist erleichtert, schließlich muss sie nun keine Treppen mehr steigen. Alles befindet sich in meinem Haus im Erdgeschoß. Sie hat nur mehr den kleinen Garten mit der Terrasse und keine Sorgen mehr mit dem großen Hof."

„Wie alt ist sie denn?", frage ich erstaunt.

„95", antwortet Jakob.

„Was? Und sie ist ganz alleine? Hat sie keine Kinder?"

„Nein, und sie möchte auch in kein Seniorenheim, sie hat eine Pflegerin, die morgens und abends nach ihr sieht. Aber sie ist fit und vital, kocht für sich selbst, geht einkaufen. Du wirst sie mögen, sie ist wirklich nett."

Ich bin perplex. Das sind viele Informationen auf einmal. Damit habe ich nicht gerechnet ...

„Soll das bedeuten, deine Familie weiß schon Bescheid?"

„Nein, zuerst habe ich es nur mit Tante Ines besprochen, jetzt warte ich auf deine Entscheidung und dann kommt der Reste meiner Familie dran."

„Wow! Das sind ja Neuigkeiten! Du möchtest gleich zusammenziehen? Wirklich? Das ist doch riskant, findest du nicht?"

„Worauf sollen wir warten? Möchtest du dir eine teure Wohnung mieten und ich komme dich jeden Abend besuchen?“, fragt er mich.

Ich fasse es nicht. Ich denke noch über meine Ehe nach und Jakob plant schon unsere gemeinsame Zukunft. Ich weiß gerade gar nicht, was ich davon halten soll. Soll ich mich freuen oder geht mir das alles zu schnell?

„Du musst mir jetzt keine Antwort geben. Ich möchte nur, das du weißt, dass ich eine Lösung für unsere Wohnsituation hätte.“

„Du überrascht mich immer wieder, Jakob. Darüber muss ich erst nachdenken, das ist alles sehr viel auf einmal. Ich kann doch die Kinder nicht von ihrem Papa gleich zu einem neuen Mann übersiedeln und deine Tante aus ihrem Haus vergraulen. Wir kennen uns doch noch gar nicht so gut und du möchtest gleich die ganze Familie zusammenbringen?“

Jakob grinst. „Ja, ich war mir noch nie einer Sache so sicher! Du bist die Frau meines Lebens. Falls es schief gehen sollte, lassen wir uns etwas Neues einfallen, aber du wirst sehen, das wird wunderbar. Und wir vergraulen sie nicht, wirklich, sie möchte das so und es wäre für sie ein Vorteil, glaub mir!“

Entweder ist Jakob der absolute Optimist, ein Träumer oder er nimmt Drogen. Ich bin verblüfft, mir wird ganz warm ums Herz. Was ist er bloß für ein Romantiker? Er möchte mich wirklich, mich und die Kinder. Nie, niemals hätte ich mir vorstellen können, dass mich jemand so sehr liebt. Was soll ich tun? Was wird der nächste Schritt sein?

Plötzlich läutet mein Handy. Es ist Papa, der fragt, wann ich denn komme, denn wir sind ja schließlich bei Emma eingeladen und er möchte pünktlich sein. Ich verspreche, so rasch wie möglich wieder nach Hause zu kommen. Jakob sieht mich traurig an.

„Du musst schon wieder los?“, fragt er enttäuscht.

„Es tut mir so leid, die Familie ruft.“

„Denk darüber nach, was ich dir gesagt habe. Versprich mir, dass du es dir überlegst!“

„Natürlich tu ich das, Jakob! An nichts anderes kann ich jetzt wahrscheinlich denken!“

„Ich habe noch ein Geschenk für dich!“, sagt Jakob und überreicht mir ein neues Ladekabel für mein Handy.

„Oh danke, das hätte ich jetzt doch glatt vergessen!“

Wir stehen auf und ich umarme ihn ganz fest.

„Am liebsten würde ich dich gar nicht mehr loslassen.“, flüstert er mir zu.

„Mir geht es genauso.“

Schweren Herzens löse ich mich aus unserer Umarmung und greife nach meiner Tasche, um zu bezahlen.

„Los, mach schon, ich übernehme das, ich lade dich natürlich ein“, meint Jakob.

“Danke.“ Zum Abschied küsse ich ihn. Schnell stehe ich auf, denn ich hasse so lange Verabschiedungen und gehe in Richtung Ausgangstüre.

Plötzlich öffnet sich die Tür und Brigitte kommt herein.

„Ja, hallo, Frederike!“, begrüßt sie mich überrascht.

Ich bin ebenso verblüfft und gleichzeitig erleichtert darüber, dass ich schon hier beim Ausgang stehe. Fast hätte sie Jakob und mich ertappt!

„Hallo Brigitte! So ein Zufall!“

„Ja, das soll anscheinend so sein. Wir treffen uns ständig unvorhergesehen. So ein Zufall! Sag, möchtest du morgen schon zu mir kommen? Gegen 10:00 Uhr hätte ich einen Termin frei, er wurde gerade abgesagt.“

„Ich denke, das könnte passen. Ich muss nur noch fragen, ob meine Eltern auf die Jungs schauen können. Kann ich dich noch anrufen?"

„Natürlich, aber bitte sag mir heute noch Bescheid."

„Sicher, Brigitte, gleich, wenn ich zu Hause bin."

Ich beeile mich mit der Verabschiedung, denn ich bemerke, dass Jakob in der Zwischenzeit bezahlt hat und ich möchte die beiden einander nicht vorstellen müssen.

Hastig verlasse ich das Lokal und eile zu meinem Auto.

Puh, das war knapp!

In Gedanken versunken fahre ich nach Hause. Das ist doch alles Wahnsinn! Das alles kostet mich unheimlich viel Energie. Wie soll ich das bloß schaffen?

Fast hätte Brigitte uns gesehen! Nicht auszudenken, wie peinlich das gewesen wäre. Aber andererseits kennt sie Robert schließlich gar nicht … und Jakob möchte gleich mit uns zusammenziehen! Ist er wahnsinnig?

Als ich bei meinen Eltern ankomme, müssen wir gleich wieder weiter, um pünktlich bei Emma zu sein.

Eigentlich wäre ich jetzt gerne alleine gewesen, um meine Gedanken zu sammeln und Ordnung in meinem Kopf zu schaffen. Aber dafür bleibt mir keine Zeit.

Nur den Termin mit Brigitte kann ich bestätigen, denn meine Mutter übernimmt die Zwillinge. Elisabeth freut sich sichtlich, dass ich zu ihr gehe, um mich beraten zu lassen.

Als wir bei Emma ankommen, knurrt tatsächlich mein Magen. So viel Aufregung macht offensichtlich hungrig. Ich freue mich nun auf ein gutes Essen im Kreise meiner Familie.

In Gedanken bin ich allerdings weit weg. Äußerlich versuche ich es zu überspielen und lasse mir nichts anmerken.

Lächle, esse, trinke, nicke ... In meinem Kopf fahre ich jedoch wieder das ganz persönliche Fragenkarussell …

Wie stellt er sich das bloß vor? Von heute auf morgen alle zusammenziehen? Ich bin mir nicht sicher, ob ich das möchte.

Da begebe ich mich doch in eine totale Abhängigkeit. Ich bin so verliebt in ihn. Soll ich das wirklich riskieren? Was, wenn es nicht gut geht? Er hat leicht reden. Ich muss schließlich meine Söhne aus ihrem Umfeld reißen. Alles neu aufbauen. Er zieht nur ein paar Häuser weiter. Ansonsten bleibt alles im Großen und Ganzen beim Alten. Das Haus gehört ihm, ich hätte nichts. Wenn ich mich trenne, dann kann ich Robert ja schließlich nicht auf die Straße setzen. Ich würde nur einen kleinen Teil meiner Investitionen verlangen, damit er sich das Haus alleine auch noch leisten kann. Was ist, wenn er allerdings die Kinder möchte? Was wäre, wenn er die Kinder behalten möchte? Unvorstellbar. Das überlebt er keine Woche (oder ich). Fragen über Fragen. Ich muss mit Robert sprechen, das ist unausweichlich.

„Frederike! Woran denkst du bloß?“, spricht mich plötzlich Emma von der Seite an.

Nachdem ich ihr Haus, ihr Essen und einfach alles bewundert habe, habe ich mich mit einem Glas Wein in ihre Hollywood-Schaukel im Garten zurückgezogen und grüble vor mich hin. Emma hat mich allerdings entdeckt.

„An alles Mögliche, Emma“, versuche ich auszuweichen.

„Das glaube ich nicht, mit dir stimmt doch etwas nicht. Los, spuck’s aus!“

„Frauen dürfen nicht ihre Meinung sagen, sonst heißt es, sie sind zickig, sie nörgeln, sie nerven“, erzähle ich ihr.

„Ja, das mag sein“, stimmt mir Emma zu.

„Ist das nicht unfair?“
„Ja. Wieso erzählst du mir das?“
„Weil es mir gerade so einfällt. Immer wenn ich irgendwo meine Meinung äußerte, meinte Robert, ich habe meine Tage, ich sei eben eine Zicke oder hat mir sonst irgendetwas vorgeworfen.“
„Oder du hattest schon lange keinen Sex mehr!“, ergänzt Emma lachend.
„Ja, stimmt, das sagt man doch auch immer über Frauen, echt grausig. Das ist so unfair.“
„Frederike, das stimmt alles, was du da sagst, aber ich denke, dich bedrückt etwas ganz anderes.“
„Ich möchte Robert verlassen“, platze ich plötzlich heraus. Ich kann einfach nicht mehr schweigen.
„Was?“, wird Emma laut.
„Pscht, nicht so laut!“ Die zwei Gläser Wein haben meine Zunge gelockert.
Emma sieht mich überrascht an. „Was ist los? Betrügt er dich?“
„Was? Nein! Wie kommst du darauf? Wieso glauben das immer alle?“
„Keine Ahnung, nur so ein Gedanke, er flirtet gerne mit anderen Frauen, entschuldige, ist mir so rausgerutscht.“
„Was heißt, er flirtet gerne mit anderen? Mit wem flirtet er?“, frage ich nach.
„Mit wem genau, weiß ich nicht, er ist einfach nur der Typ dazu.“
„Was meinst du damit? Er ist der Typ dazu? Du kannst doch so etwas nicht sagen, ohne konkrete Hinweise dafür zu haben?!“
„Ich weiß es ganz einfach, ok? Also warum möchtest du ihn denn verlassen?“

„ICH flirte mit jemanden anderen.“

„Was, du?“, fragt Emma.

„Ja, ich“, antworte ich gereizt und stolz, als ob man darauf stolz sein könnte, und bereue im selben Moment, ihr die Sache anvertraut zu haben. Gerade ihr, der Schwester, mit der ich am wenigsten zu tun habe, erzähle ich mein Geheimnis. Ich bin so verrückt. Da hätte ich gleich eine WhatsApp-Gruppe zum Thema „Robert wird verlassen“ gründen können. Denn spätestens morgen weiß es jetzt ohnehin jeder.

Emma starrt mich an. „Gratuliere Schwesterlein, hast eh sehr lange durchgehalten“, knallt sie mir als Antwort hin.

Erstaunt über diese Aussage blicke ich sie an. „Wie bitte?“

„Sorry, ich mag Robert nicht.“ Ehrliche Aussage.

„Aha.“ Jetzt bin ich endgültig sprachlos.

„Erzähl, mit wem hast du ein Pantscherl?“, fragt sie neugierig.

„Ich habe kein Pantscherl, ich flirte nur, noch zumindest.“

„Na egal, ob Flirt oder Pantscherl, wer ist es?“

„Emma, ich möchte nicht darüber reden. Du kennst ihn nicht. Es ist alles so kompliziert.“

„Geh, komm, ich freue mich, dass du mir einmal etwas erzählst. Wer weiß es außer mir schon alles?“

„Niemand, du bist die Erste. Aber morgen weiß es ja jetzt wahrscheinlich jeder.“

„Na sag mal, ich bin doch keine Tratschen! Das ist ja lieb, dass du es mir als Erstes erzählst!“

„Bitte sag es niemanden! Es ahnt wirklich kein Mensch. Ich bin mir auch nicht sicher, ob ich es wirklich durchziehe. Ich muss doch alles erst durchdenken.“

„Kannst dich auf mich verlassen. Ich sag es keinem. Schon alleine wegen deiner Kinder.“

„Kann ich mich wirklich auf dich verlassen?“

„Ja, kannst du.“

„Ehrlich?“

„Sicher! Mein Ehrenwort!“

„Auch nicht den Eltern!“

„Bestimmt nicht!“

Ich sehe sie nachdenklich an. „Danke, es tut gut, es auszusprechen.“ Plötzlich werde ich tieftraurig und die Tränen laufen mir die Wangen herunter. „Ich wollte das alles nicht“, schluchze ich.

„Keiner möchte das. So etwas sucht man sich doch nicht aus. Komm her, lass dich drücken von deiner großen Schwester.“

Ich rücke zu ihr in ihren Arm und wir schaukeln gemeinsam in der alten Hollywoodschaukel.

Leise schluchze ich vor mich hin.

„Ich vertraue dir jetzt auch ein Geheimnis an, Frederike. Ich bin Alkoholikerin“, unterbricht Emma plötzlich mein ins Fließen kommendes Selbstmitleid.

„Was? Du?“ Ich richte mich auf und sehe sie erstaunt an.

„Ja, aber keine Sorge, ich bin trocken.“

„Oh mein Gott, du Arme!“, sage ich völlig überrascht.

„Ich bin nicht arm, sondern selber schuld. Aber ich habe es jetzt im Griff.“

Wir sind beide still, da fällt mir plötzlich etwas auf!

„Haben die Eltern deshalb die alkoholischen Getränke im Keller?“

„Ja, wegen mir, das ist echt peinlich. Habe ich zu Hause nichts mehr gefunden, bin ich zu ihnen marschiert und habe mich dort bedient. Als sie das mitbekamen, haben sie alles im Keller deponiert und die Türe versperrt, somit hatte ich keinen Zugriff mehr."

„Wahnsinn!" Ich bin sprachlos.

„Ja, wirklich, ich war wahnsinnig, aber jetzt ist alles vorbei. Siehst du, jeder von uns hat so seine Probleme." Emma lächelt mich an.

„Ich habe von alldem nichts gewusst!"

„Tja, du bist ja kaum hier gewesen und niemand wollte daraus eine große Sache machen."

„Warum erzählst du es mir jetzt?"

„Weil du mir dein Geheimnis anvertraut hast. Deshalb möchte ich auch zu dir ehrlich sein."

„Wissen es deine Kinder?"

„Nein, das haben sie Gott sei Dank nicht wirklich mitbekommen. Aber Herbert natürlich schon. Er hat mich gepackt und mich wachgerüttelt, er hat unsere Eltern informiert. Es war schrecklich. Sie haben mir alle gemeinsam geholfen. Heute bin ich ihnen sehr, sehr dankbar."

„Wie konnte das geschehen? Warum hast du getrunken?

„Aus Frust und Langeweile, Depression. Herbert war so viel arbeiten. Er hat sich nur noch für seine Arbeit, für seine Hobbys und seine Freunde interessiert. Ich war nach dem Umzug zurück hierher Luft für ihn. Ich war einfach überfordert. Ich fühlte mich von seinen Eltern beobachtet. Alles, was ich tat, wurde besprochen. Hier eine Pflanze, dort ein Wasserschlauch. Alles, was ich umsetzen wollte, musste ich vorher genehmigen lassen. Ich hatte keine wirklichen Freundinnen mehr im Ort, war entweder alleine oder nur mit den Kindern zusammen. Das ging jahrelang so. Dann habe ich abends, wenn Herbert wieder einmal bei irgendeiner Versammlung war, den Alkohol für mich entdeckt. Anfangs tat er mir gut, aber ich wurde mit der Zeit abhängig, trank dann bereits zu Mittag ein Gläschen und dann zwei, dann noch mehr. Irgendwann ging es mir anstatt besser nur noch schlechter. Unsere Eltern und Herbert haben mir geholfen, da rauszukommen."

„Wow, hier tut sich ja einiges und ich dachte, das Landleben sei langweilig. Es wurde nie darüber gesprochen!"

„Ja, hahaha, das Thema wurde eher unter den Teppich gekehrt.

„Und jetzt geht es dir wirklich wieder gut?", frage ich meine große Schwester voller Sorge.

„Ja wirklich, sehr gut! Herbert und ich haben so viel gemeinsam durchgemacht. Zuerst den Stress mit seinen Eltern, dann meine Alkoholsucht. Er liebt mich wirklich und ich ihn. Ich trinke nicht mehr. Manchmal, wenn ich in Stresssituationen gerate, dann lenke ich mich bewusst ab. Ich rede mit Herbert, wir haben herrlichen Sex oder ich esse etwas Süßes. Ich habe meine Strategien entwickelt, wie ich damit umgehe."

„Aber wenn ich hier neben dir trinke, ist das dann für dich nicht furchtbar?!"

„Manchmal ja, manchmal nein, das ist unterschiedlich! Ich habe gelernt alkoholfreie Cocktails zu kreieren und die schmecken herrlich!"

Bewundernd blicke ich meine große Schwester an. Ich kenne sie überhaupt nicht mehr. Zwei Tage hier zu Hause und meine Anschauungen über meine Familienmitglieder ändern sich zu tiefst. Die eine Schwester ist Alkoholikerin und die andere kann keine Kinder bekommen, meine Eltern waren in Paartherapie, was kommt als Nächstes? Ach ja, ich! Ich möchte mich scheiden lassen.

„Wahnsinn!"

„Aber zurück zu dir! Was wirst du tun?“, fragt mich Emma.

„Ich habe keine Ahnung was ich tun soll. Wie es weiter gehen wird.“

„Wie lange gibt es denn schon den anderen, wenn ich fragen darf?“

„So genau weiß ich das gar nicht, ein paar Monate, es ging so schleichend. Zuerst habe ich nur mit ihm zum Spaß geflirtet, dann auf einmal wurde daraus aber Ernst! Er hat mich richtig umworben. Ich habe ihn nicht für voll genommen, dachte er möchte nur seinen Spaß mit einer verheirateten Frau. Aber er meint es tatsächlich ernst, Emma!“

„Und Robert weiß nichts davon?“

„Nein, eigentlich nicht, aber er spürt es. Wir streiten nun noch mehr als früher. Er hält mir gerade vor, dass ich hier bin.“

„Könntest du dich denn trennen, ich meine, ginge das finanziell?“

„Ja, Gott sei Dank verdiene ich genug. Das Haus wird allerdings ein Problem! Eigentlich ist ein gemeinsames Haus mehr Belastung als eine Heiratsurkunde. Ich müsste auf alles verzichten, wenn ich nicht möchte, dass es verkauft wird. Und das möchte ich nicht. Das weiß ich schon. Ich möchte, dass das Haus in der Familie bleibt, auch wenn das bedeutet, dass ich auf Geld verzichte. Denn beides kann Robert sich nicht leisten, mich voll auszahlen, das Haus alleine erhalten und womöglich noch Alimente für die Kinder bezahlen.“

„Na, da hast du ja schon alles gründlich durchdacht. Ich meine den finanziellen Aspekt. Aber was meinst du, wie wird er reagieren?“

„Davor fürchte ich mich ja so.“

„Es wird alles gut, du wirst sehen! Wenn du mich brauchst, bin ich für dich da", sagt Emma beruhigend.

„Danke, das ist gut zu wissen, das tut gut. Aber erstmal sag bitte wirklich niemandem etwas darüber. Ich möchte zuerst alles regeln, dann werde ich es den Eltern sagen, okay?" Ich lalle ein wenig, der Wein zeigt seine volle Wirkung. Ich muss auch aufpassen, dass ich nicht zu viel trinke!

„Versprochen! Indianerehrenwort!", sagt Emma und hebt theatralisch ihre rechte Hand in die Höhe.

„Gut, dann bin ich beruhigt."

„Hast du ein Foto von deinem Neuen?", kichert Emma plötzlich heiter.

„Hey, du bist mir eine, ich bin traurig und du findest das witzig!"

„Na, du bist doch verliebt, also ist es auch ein bisschen schön, und neugierig bin ich auch!"

„Ich habe natürlich keines auf meinem Handy, das wäre zu riskant, aber auf der Homepage seiner Arbeit ist ein Foto von ihm."

„Los, zeig her!", fordert mich Emma auf.

Ich muss lachen, sie hat recht, ich bin verliebt und das sollte ich auch irgendwie genießen, nicht nur sudern wie ein richtiger Wiener. Ich suche das Foto im Internet und zeige es Emma.

„Oh, ist der süß!", jauchzt sie entzückt. „Wie hast du das denn hinbekommen?"

„Hey, Danke!", lache ich.

„Nein im Ernst, er sieht toll aus! Was macht er? Er ist Förster?! Ohh! Der muss aber knackig sein!"

„Hör auf, du dumme Nuss! Ja, er ist voll knackig!“ Ich lache laut auf bei dem Gedanken an seinen muskulösen Körper.

„Und wo hast du dieses Sahneschnittchen bloß aufgerissen?“, fragt sie weiter.

„Er hat hinter unserem Geschäft einen Baum gefällt. Das macht er neben seiner Arbeit als Förster. Dabei hat er sich geschnitten, einen kleinen Verband benötigt und so, naja, ich war gerade da, er kam rein und ich habe ihm geholfen.“

„Ahhh! Du hast ihn verarztet? Und er hat sich bedankt?“ Sie wackelt lustig mit den Augenbrauen.

„Er hat sich bedankt ja, hahaha!“ Ich muss noch mehr lachen, Emma ist so witzig. „Er hat mir seine Visitenkarte gegeben und gemeint, ich hätte etwas gut bei ihm und wenn ich mal einen Baum zum Umschneiden hätte, sollte ich ihn ruhig kontaktieren.“

„Und welcher arme Baum musste seinetwegen dran glauben?“, fragt Emma grinsend.

„Keiner!“ Ich lache aus vollem Hals. „Ich gebe zu, ich habe ihm ein paar Tage später eine E-Mail geschrieben und ihn gefragt, wie es seinem Finger ginge. Er ging mir nicht mehr aus dem Kopf, ich habe es einfach gemacht. Wie ein Teenager fühlte ich mich dabei. Als ich auf senden drückte, war ich total aufgeregt. Ich wusste ja nicht, was geschehen würde. Er antwortete sofort und so ging es weiter. Wir schrieben und schrieben und es wurde mehr daraus. Wir telefonierten und simsten uns. Irgendwann haben wir uns dann getroffen und, naja, ich denke, wir sind wirklich ineinander verliebt.“

„Habt ihr schon ...?“

„Nein!“, antworte ich entsetzt.

„Aber Lust hättest du schon?“, fragt Emma neugierig.

„Emma! Hör auf!“, lache ich und boxe sie in die Seite.

„Man darf ja wohl fragen.“

Wir kichern und schaukeln wild auf der Hollywoodschaukel weiter, sodass sie wehleidig zu quietschen beginnt.

Plötzlich platzt es aus mir raus: „Ja, ich habe Lust! Sowas von! Aber ich habe mich wegen meiner Ehe zurückgehalten.“

„Du kannst dich doch nicht scheiden lassen, ohne zu wissen, ob er gut im Bett ist!“, meint Emma erstaunt.

„Er ist bestimmt gut und das ist doch jetzt nicht dein Ernst! Du meinst, ich sollte ihn vorher testen?“

Bevor Emma antworten kann, werden wir leider unterbrochen.

„Hallo meine Damen! Darf ich euch stören?“, fragt Herbert und quetscht sich, ohne eine Antwort abzuwarten, einfach zwischen uns auf die quietschende Schaukel. Mist, gerade jetzt unterbricht er uns!

An schaukeln ist jetzt nicht mehr zu denken. Zu dritt sind wir einfach zu schwer.

„Du störst nie, mein Liebling“, säuselt Emma ihrem Mann ins Ohr und zwinkert mir zu.

Oh, mein Gott, das ist mir irgendwie unangenehm, so eng mit ihnen zusammen zu sitzen.

„Wo sind denn die Jungs?“, frage ich ihn, um einen Grund zu finden, die Flucht zu ergreifen.

„Die spielen mit unseren Mädels und mit euren Eltern gerade Activity“, erzählt Herbert.

„Was?! Ohne mich! Das geht gar nicht!“, antworte ich und springe rasch auf, um der engen Situation zu entkommen.

Tatsächlich, da sitzen sie alle und spielen dieses lustige Brettspiel. Sie haben bereits begonnen und zwei Mannschaften gebildet, daher kann ich nur noch als Zuschauer bzw. Schiedsrichter fungieren.

Aber das macht nichts, das ist lustig genug. Besonders spannend wird es als Mama den Begriff „Zungenkuss" pantomimisch darstellen soll. Ich biege mich vor lachen und beschließe a) entweder weniger zu trinken oder b) endlich in Beckenbodengymnastik zu gehen, denn ich mache mir fast in die Hose vor Lachen.

Nachdem die Papa-Gruppe schließlich gewonnen hat, verabschieden wir uns todmüde von Emma und Herbert und machen uns zu Fuß auf den Weg zum Elternhaus. Emma flüsterte mir noch ins Ohr, dass ich mich melden soll, sobald ich weiß, was ich tun werde.

Ich hake mich bei meiner Mutter ein und gemütlich schlendern wir die schwach beleuchtete Straße entlang.

„Wie geht es eigentlich Annika?", frage ich bei der Gelegenheit Mama.

„Sie sind zu Mittag aufgebrochen und ehrlich gesagt habe ich seitdem nichts mehr von ihnen gehört. Ich rufe sie morgen an", meint Mama.

Ansonsten schweigen wir den Rest des Weges, denn wir sind alle erschöpft von dem langen Tag. Sogar die beiden Burschen trotten schweigend vor sich hin. Die Grillen zirpen, der Mond leuchtet uns den Weg, die Luft riecht nach See. Tief atme ich wieder diesen herrlichen Duft ein und freue mich schon auf meine nächste Simsorgie mit Jakob, sobald die Kinder im Bett sind.

J: *Ich hoffe du hattest einen schönen Abend! Kuss!*

I: *Ohne dich ist jeder Abend nur halb so schön! *

J: * :-) Hat dich mein Vorschlag schockiert oder freust du dich, bin etwas verunsichert*
I: *Beides! Aber ich bin mehr positiv beeindruckt, doch eben auch ein wenig überfordert. *
J: *Es wäre komisch wenn es nicht so wäre. *
I: *Mir geht so vieles durch den Kopf! Es ist schon sehr riskant. *
J: *Sobald du Zeit hast, zeige ich dir alles*
I: *Du bist verrückt! *
J: *Nach dir! *
I: *Mmmhh, das ist schön!!!!! Ich liebe dich! *
J: *Ich dich auch! Schlaf gut meine Liebe! *
I: *Du auch, mein Oberförster! *
J: *Träum von mir! *
I: *Ganz bestimmt! *

Ich wache am nächsten Morgen erholt und entspannt auf. Sooooo gut habe ich geschlafen. Herrlich! Heute bin ich anscheinend mal die Erste.

Es ist noch alles still im Haus. Kein Wunder, es ist ja auch erst 7:30 Uhr. Ich stehe auf, beschließe, meinen Eltern eine Freude zu machen und bereite das Frühstück vor. Es ist wunderbar hier draußen. Frische Eier hole ich bei den Hühnern ab. Sie singen mich so laut an, bis ich sie füttere. Das sind tolle Tiere. Mir wird gerade bewusst, wie sehr ich das alles eigentlich vermisst habe. Robert wollte unbedingt in die Stadt, auf dem Land fühlt er sich nicht wohl.

Ich beschließe, den Tisch draußen im Hof zu decken, so schön ist dieser Tag. Die schlafen heute aber wirklich alle lang!

Gemütlich sitze ich mit einer Tasse Kaffee am Tisch und beginne schon mal zu frühstücken, denn ich muss ja schließlich fortfahren, um Brigitte aufzusuchen. Was erzähle ich ihr bloß? Alles? Dafür ist sie ja schließlich da, sonst bräuchte ich nicht hingehen.

Ich fotografiere die Eier und den wunderbar gedeckten Tisch und schicke die Fotos an Jakob mit einem „Guten Morgen!".

J:*Wow, wäre gerne bei dir! Kuss!*

I:*Wegen den Eiern?*

J:*Auch :-) In unserem Hof könnten wir auch Hühner halten*

I:*Ein Haus mit vier Kindern und Hühnern! Das klingt aufregend!*

J:*Du bist aufregend! Ein Leben mit dir ist aufregend!*

Als meine Eltern schließlich kommen, freuen sie sich tatsächlich. Auch Clemens und Klaus kommen in ihren Pyjamas in den Hof und schlagen sich die Bäuche voll.

„Freust du dich schon auf Brigitte?", fragt meine Mutter neugierig.

„Ja, aber irgendwie bin ich auch nervös. Ich war noch nie bei so einer Beratung."

„Es ist einmal etwas anderes, wenn man seine Probleme jemand Außenstehendem erzählen kann. Freunde und Familie können eine Beratung nicht ersetzen, sie können helfen, aber nicht solch wertvolle Ratschläge erteilen wie Brigitte. Sie ist neutral und wirkt wie ein Mediator", hält Mama mir einen Vortrag.

„Mama, ich fahre eh hin! Du brauchst keine Werbung mehr für sie zu machen!", antworte ich belustigt.

Meine Eltern machen in der Zwischenzeit mit den Zwillingen eine Fahrradtour, damit sie nicht das Haus zerlegen.

Papa drückt mir noch ein Kuvert in die Hand. „Damit es euch bald besser geht.“ Ich öffne es und sehe, dass er mir das Honorar für Brigitte bezahlen möchte.

„Danke, aber das ist doch nicht notwendig.“

„Nein, nein, nimm es und betrachte es als Geschenk. Wir möchten euch helfen.“

Warum sprechen sie denn immer von mir in der Mehrzahl. Sie möchten *uns* helfen. Sie möchten noch immer *unsere* Ehe retten. Vielleicht wäre es besser, ich sage ihnen die Wahrheit und nehme das Geld für einen Scheidungsanwalt. Nein, noch nicht, zuerst das Therapiegespräch, wer weiß, was da rauskommt, und danach ein Gespräch mit Robert und den Eltern. Eines nach dem anderen. Dankend nehme ich also das Kuvert von meinen Eltern und mache mich auf den Weg. Ich werde das Geld aber nicht anrühren, denn ich denke, sie werden nicht begeistert sein, wenn sie erfahren, dass ich Robert definitiv verlassen möchte. Ja, ich möchte ihn verlassen, komme, was wolle. Das möchte ich.

Eine halbe Stunde später klingle ich an ihrer Tür. Jetzt freue ich mich wirklich, denn ich habe beschlossen, alles, wirklich alles auf den Tisch zu legen. Hier kann ich sämtliche Geheimnisse rauslassen. Brigitte öffnet die Türe mit einem Lächeln. „Komm herein, Frederike!“, sagt sie herzlich und macht dabei eine einladende Handbewegung.

Ich betrete die Räumlichkeiten, nehme den Duft von Räucherstäbchen wahr, höre das Plätschern von einem kleinen Wasserbrunnen und habe das Gefühl, nach Hause gekommen zu sein. Alleine diese Atmosphäre, die hier herrscht, ist schon himmlisch.

In einem kleinen Raum setze ich mich auf ein orangenes Sofa, die Wände rundherum sind ebenfalls in rot-orange-Tönen gestrichen. Normalerweise bin ich eher der „blaue, nordische“ Typ, aber hier passen diese Farben. Man fühlt sich geborgen und sicher, wie in einer Gebärmutter.

Brigitte setzt sich mir gegenüber in einen bequemen Sessel. „So, Frederike, geschafft, schön, dass du da bist.“

„Ja, finde ich auch“, antworte ich etwas verlegen.

„Bitte sei so nett und schalte dein Handy aus“, ersucht mich Brigitte. Das klingt plausibel, wer möchte schon von einem Handyläuten bei einer Therapiesitzung gestört werden.

Ich mache es mir auf dem Sofa bequem und fange an zu reden: „Ich weiß jetzt gar nicht, wo ich anfangen soll, einiges ist dir ja schon bekannt … ich fasse einfach kurz zusammen, ich bin hier wegen meiner Ehe. Mein Mann heißt Robert, wir sind elf Jahre zusammen, haben zwei großartige Kinder, Zwillinge, und leben in Wien in einem wunderbaren Haus. Ich liebe Robert nicht mehr, habe jemanden anderen kennengelernt, habe mich verliebt. Er liebt mich auch, er möchte mit mir eine gemeinsame Zukunft aufbauen. Ich habe sehr lange darüber nachgedacht und ich bin zu dem Schluss gekommen, dass meine Ehe nicht mehr zu retten ist und ich sie gerne beenden möchte. Ich weiß nicht, wie, und ich habe Angst vor dem, was danach passiert, aber ich bin entschlossen, mich zu trennen.“

Verlegen wende ich den Blick von Brigitte ab und sehe auf den Tisch. Vor mir stehen ein Krug mit Wasser und zwei Gläser, daneben eine Box mit Taschentüchern. Oh je, das passt ja gut. Wenn die Tränen fließen, etwas zum Abwischen und Nachfüllen.

Brigitte schweigt, sie sieht mich nur an.

Ich blicke wieder auf und sehe in ihre warmen Augen, hole tief Luft. Dann bricht alles aus mir raus. Ich erzähle alles. Alles, was sich in mir aufgestaut hat, kommt aus mir raus. Brigitte unterbricht mich manchmal kurz und stellt mir Zwischenfragen, lässt mich aber ansonsten einfach nur reden. Ich weine, ich lache, ich trinke Wasser, ich merke, wie ich immer mehr erschöpft bin, alles verlässt meinen Körper, es ist wie eine Reinigung des Geistes. Ich unterbreche meine Rede, da ich auf die Toilette muss. Das viele Wasser trinken zeigt seine Wirkung. Als ich zurück komme, bittet mich Brigitte, mich auf einer weichen Matte auf den Rücken zu legen und die Augen zu schließen.

Sie fängt an mit einer Rassel um meinen Körper herum zu rasseln, sie singt ein Lied, welches ich nicht verstehe.

Zuerst blinzle ich noch und beobachte, was da um mich herum geschieht. Brigitte legt ihre warme Hand auf meine Augen. Plötzlich kommen mir wilden Gedanken. Ich denke an alles, alle Verletzungen, alle Demütigungen, welche Robert mir zugefügt hat. Sie schießen in meinen Kopf. Wie stechende Spitzen bohren sich die Erinnerungen in meine Schläfen. Plötzlich wird mir heiß, es kommt eine solche Traurigkeit hoch in meinen Brustkorb, wandert in meinen Hals, so schmerzhaft, wie ich sie noch nie zuvor gespürt habe. Der Speichel rinnt aus meinen Mundwinkeln, die Tränen schießen in meine geschlossenen Augen und laufen wie ein Fluss an meinen Wangen hinunter. Ich spüre, wie die Tränen in meine Ohren fließen und weiter in meine Haare. Es hört nicht auf, der Schmerz bahnt sich seinen Weg hinaus aus meinem Körper.

Nach einiger Zeit hört das Singen auf, nur noch die Rassel ist zu hören, leise, immer leiser wird das Geräusch.

Es ist ganz still im Raum. Ich spüre Brigittes Hand auf meinem Brustkorb. Sie schweigt und es fühlt sich angenehm an. Ich beruhige mich langsam und die Tränen hören auf zu fließen.

„Atme tief aus und ein." Brigitte atmet laut neben mir und ich mache es ihr nach.

„Lass es los, all den Ärger, all deine Ängste, lass sie gehen, vertraue dir und deinen Gefühlen, spüre dich und vertraue dir", höre ich Brigitte sagen.

Ich liege entspannt auf der Matte und fühle mich leicht und müde zugleich.

„Öffne jetzt deine Augen", flüstert sie sanft.

Ich öffne die Augen und sehe Brigitte neben mir hocken. Sie nimmt ihre warme Hand von meinem Brustkorb, lächelt mich an und reicht mir einige Taschentücher.

Langsam setzte ich mich auf und trockne mein Gesicht ab. Die Matte ist völlig nass, dort, wo mein Kopf sich befand.

„Was war das jetzt?", frage ich völlig verwirrt.

„Du hast dich gereinigt und geordnet, gut so, das war gut. Wie fühlst du dich?"

„Leer, müde, ich bin erschöpft", antworte ich matt.

„Das ist okay, das war sehr viel, alles, was sich aufgestaut hat, ist hochgekommen, das ist anstrengend, aber notwendig."

„Wahnsinn!"

„Kannst du schon aufstehen?"

„Ja, ich denke schon."

Langsam erhebe ich mich von der Matte und setzte mich völlig verwirrt auf das Sofa.

„Wie spät ist es?", frage ich, denn ich muss wissen, ob die zwei Stunden schon um sind.

„Keine Sorge, ich habe noch Zeit, komm erst mal zu dir, oder hast du es eilig?“

„Nein, nein, ich möchte nur nicht überziehen.“

„Du solltest aufhören, dir ständig den Kopf wegen anderer zu zerbrechen. Ich kann schon selber sagen, wenn die Sitzung um ist. Genauso wie deine Kinder und dein Ehemann selber denken können. Du hast es verdient, etwas für dich zu tun. Du darfst an dich denken. Bist du glücklich, dann überträgt sich das. Möchtest du es immer allen anderen recht machen, bist dabei aber unzufrieden, weil du deine Bedürfnisse nicht stillst, überträgt sich deine Unzufriedenheit ebenfalls. Robert ist auch unglücklich, vielleicht hilft ihm deine Entscheidung, vielleicht wird er dich anfangs hassen, aber schlussendlich wird auch er irgendwann darauf kommen, dass deine Entscheidung gut ist für euer beider Leben. Den anfänglichen Zorn wirst du aushalten. Du bist stark.“

„Aber was ist mit den Kindern?“

„Keine Frage, da müsst ihr gefühlvoll umgehen. Aber sie hatten bis jetzt auch keine idyllische Familie, nach allem, was du mir erzählt hast, war es auch für sie nicht einfach, eure Ehe mitzuerleben. Es sind stabile Burschen und sie haben einander, das ist der Vorteil bei Zwillingen, sie sind nicht alleine.“

„Ob sie das immer als Vorteil sehen, mag ich bezweifeln“, antworte ich leicht schmunzelnd.

„Ja, mag sein. Jetzt fährst du erstmal nach Hause und schläfst eine Runde, du wirst sehen, das brauchst du jetzt.“

„Ich fühle mich, als ob ich einen Berg erklommen hätte.“

„Das hast du ja auch“, antwortet Brigitte.

Bei der Fahrt nach Hause lasse ich das Radio im Auto aus, jetzt brauche ich erstmal Ruhe und Stille. Zuhause ist Gott sei Dank niemand. Ich krieche die Treppen hinauf in mein Zimmer, lasse mich in mein Bett fallen und schlafe auf der Stelle ein.

Als ich erwache, kenne ich mich erst gar nicht aus. Wie spät ist es denn? Es ist bereits später Nachmittag! Hui, das ist ja nicht möglich, den ganzen Tag habe ich verpasst! Wo sind denn die anderen? Alles ist so ruhig. Komisch, wo sind sie denn bloß so lange? Ich gehe hinunter in die Küche. Ahnungslos öffne ich die Türe. Oh mein Gott! Mich trifft der Schlag! Wer sitzt da in unserer Küche?! Robert!

„Wow!“, entfährt es mir erschrocken. Mit ihm habe ich am allerwenigsten gerechnet. „Was machst du denn hier?“, frage ich ihn und bleibe misstrauisch im Türrahmen stehen.

Ernst dreinblickend sieht er von seiner Zeitung auf. „Na, auch schon munter?“

„Ja, wie du siehst! Aber was machst du hier?“, frag ich ihn erneut.

„Ich wollte meine Familie sehen.“

„Wo sind meine Eltern und die Kinder?“, frage ich ihn weiter. Das ist eine wirklich seltsame Situation. Ich fühle mich unbehaglich. So alleine mit ihm.

„Sie sind noch einmal mit unseren Söhnen zu deiner Schwester Emma gefahren. Doch darauf hatte ich ehrlich gesagt keine Lust. Ich dachte, ich warte hier, bis du aufwachst.“

„Okay“ antworte ich verwirrt. Soll ich ihm das glauben?

Ich kenne mich im Augenblick gar nicht aus. Was ist hier los? Warum ist er hier? Das ist alles sehr eigenartig. Mir wird ganz mulmig zumute. Habe ich zu viele Krimis gesehen? Habe ich Angst? Nein, Angst brauche ich nicht zu haben. Wo haben meine Eltern die Messer? Ach, geh, Robert ist harmlos, er ist …

Völlig unerwartet zischt Robert mich plötzlich an: „Wer ist Jakob?"

Ach du Scheiße, mein Herz macht einen Sprung, was heißt das? Woher weiß er es?

„Was meinst du, wer ist Jakob?", stelle ich mich blöd, um Zeit für eine Antwort zu gewinnen.

„Ich möchte einfach nur wissen, wer Jakob ist."

„Welchen Jakob meinst du?", versuche ich erneut Zeit zu gewinnen um herauszufinden, wie viel er weiß. Mein Puls rast, ich fange an zu schwitzen. Ich versuche mir äußerlich nichts anmerken zu lassen, ruhig zu bleiben.

„Ich habe deine E-Mails gelesen. Ja schau nicht so, schließlich hatte ich allen Grund, misstrauisch zu sein."

Meine Gedanken schlagen Purzelbäume. Was könnte er gelesen haben? Ich habe doch immer alles gelöscht!? Was könnte er meinen, ich habe in den letzten Tagen nicht nachgesehen.

„Wieso liest du meine E-Mails? Und woher kennst du überhaupt mein Passwort?"

„Bitte, dein Passwort ist doch überall das gleiche. Da bist du nicht sehr einfallsreich. Und ich habe deine Mails aus purer Verzweiflung gelesen! Ich habe geahnt, dass etwas mit dir nicht stimmt!" Wütend steht er auf und kommt auf mich zu. Ich stehe noch immer im Türrahmen und rühre mich nicht vom Fleck.

Trotzig hebe ich mein Kinn. „Was hast du gelesen?"

„Zuerst möchte ich von dir wissen, wer Jakob ist."

„Ich kenne keinen Jakob", antworte ich dumm.

„Du lügst! Die ganze Zeit über lügst du mich an. Ich habe es so satt, so satt, hörst du!“, brüllt er mich an. Er bleibt vor mir stehen und wir sehen uns tief in die Augen.

Plötzlich tut er mir nur noch leid. Er ist unrasiert, seine Augen sind trüb und sein Atem riecht ein wenig nach Alkohol.

Ich merke, wie ich aufgebe. Ich muss es ihm sagen, alles andere würde die Situation nur noch mehr verschlimmern. Ich hebe meine Hand und greife beruhigend nach seinem Unterarm.

„Lass das, rühr mich nicht an“, zischt er wütend und schlägt meine Hand weg. „Sag mir jetzt endlich die Wahrheit.“

„Komm, setzen wir uns.“ Ich weiche vor ihm zurück und gehe ins Wohnzimmer. Ich bin so aufgeregt, wie soll ich das sagen? Wie soll ich ihm das bloß sagen?

Robert folgt mir. Wir setzen uns mit großem Abstand auf die Couch. Was wird er tun?

Ich hole tief Luft, sehe auf den Boden, nehme meinen ganzen Mut zusammen, um nun endlich reinen Tisch zu machen. Die Wörter purzeln schließlich einfach aus mir heraus. So lange habe ich nachgedacht, aber eigentlich ist es nur ein Satz.

„Es tut mir so leid, Robert, ich habe mich in einen anderen verliebt. Das habe ich nicht geplant, wirklich nicht, es ist einfach so passiert.“

Bumm, gesagt, ich habe es endlich gesagt. Ich sehe Robert an, sehe in sein Gesicht und versuche daraus zu erkennen, was er fühlt, wie es ihm geht.

Doch er sitzt nur versteinert da und starrt mich an. „Wer ist es?“

„Du kennst ihn nicht.“

„Seit wann? Frederike, seit wann geht das schon?“

„Ich weiß es nicht! Ich habe nichts mit ihm, wenn du das meinst, ich wollte mich auch nicht in ihn verlieben, es ist passiert. Ich wollte es dir schon lange sagen, doch ich war mir doch nicht sicher.“

„Hast du mit ihm geschlafen?“

„Nein! Habe ich nicht!“

„Liebt er dich auch?“

„Ja“, sage ich ganz leise.

„Weiß er, dass er eine Familie zerstört?“

„Die hat nicht er zerstört, Robert, das waren wir schon selbst. Er kam nur dazu. Wäre zwischen uns alles in Ordnung gewesen, dann hätte er doch gar keine Chance gehabt! Aber wir beide, wir streiten doch nur!“

„Okay, jetzt wird mir so einiges klar“, antwortet er.

Abrupt springt er auf. „Ich bin hier weg! Wenn du nach Hause kommst, wirst du erstmal alleine zurechtkommen müssen, ich haue ab. Fort von hier. Fort von dir, du Miststück. Alles, alles habe für dich getan und das tust du mir jetzt an. Verliebt! Verliebt hast du dich?! Dass ich nicht lache! Keinen Monat haltet ihr es zusammen aus! Noch dazu mit unseren Kindern. Aber bitte, viel Spaß! Ich hau ab!“

Robert läuft zum Ausgang und knallt mit voller Wucht die Türe hinter sich zu.

Erschrocken laufe ich ihm nach und reiße die Türe wieder auf und lauf ihm hinterher. „Robert, Robert!“ rufe ich. „Mach keinen Unsinn! Bitte fahr jetzt nicht in diesem Zustand.“

Er dreht sich um und zeigt mir doch tatsächlich den Stinkefinger! Verdattert bleibe ich stehen. Fast muss ich lachen über diese Geste. Das war ja jetzt nicht sehr männlich.

Er startet sein Auto und fährt wie ein Vollprolet mit quietschenden Reifen auf und davon.

Ich blicke ihm nach, stehe einfach nur da und kann mich nicht bewegen. War es das? So schnell ging das jetzt. Ich habe es ihm gesagt. Es ist endlich draußen. Jetzt gibt es kein Zurück mehr.

Ich fühle mich befreit, aber auch ängstlich. Was wird er jetzt tun? Hoffentlich passiert ihm nichts. Er gefährdet auch andere mit diesem Fahrstil. Es ist immer das gleiche. Kaum regt er sich auf, fährt er viel zu schnell mit dem Auto oder er trinkt. Sind alle Männer so? So unkontrolliert?

Langsam gehe ich zurück zu meinem Elternhaus. Ich sehe, wie sich beim Fenster des Nachbarhauses der Vorhang bewegt. Hier wird wirklich alles beobachtet. Aber es ist mir egal. Sollen sie doch. Ich schließe die Tür hinter mir, gehe wie in Trance in mein Zimmer und lege mich erschöpft ins Bett. Was soll ich nun als Nächstes tun? Jakob, ich muss Jakob anrufen und ihm von den neuesten Entwicklungen berichten. Wie zu erwarten, oder wie erhofft, freut er sich. Er sagt: „Jetzt geht es los! Fredy, wir schaffen das!“

„Glaubst du wirklich? Was ist, wenn Robert recht hat? Was ist, wenn unsere Kinder alles zerstören, wenn es nicht funktioniert? Ich habe solche Angst!“

J: „Das brauchst du nicht, Frederike! Wir lieben uns, das werden die Kinder spüren.“

I: „Sag, da fällt mir ein, hast du mir eine E-Mail geschrieben? Robert wusste von dir wegen einer angeblichen E-Mail.“

J: „Oh je, ja, ich habe dir geschrieben, als du nicht erreichbar warst, da habe ich dir eine Mail gesendet. Aber völlig harmlos. Ich habe nur nachgefragt, wo du bist und ab wann man dich wieder erreichen kann."

I: „Damit hast du dazu beigetragen, dass ich meinem Mann reinen Wein einschenke."

J: „Ist das jetzt gut oder schlecht?"

I: „Gut! Auf jeden Fall ist es gut! Ich muss nach vorne schauen und meinem Herzen folgen, also dir!"

J: „Das klingt ja romantisch. Ich liebe dich, wie ich noch nie eine Frau geliebt habe. Du kannst dich auf mich verlassen. Wir werden das hinbekommen."

I: „Ich liebe dich auch! Was soll ich bloß tun? Was sind die nächsten Schritte?"

J: „Du musst deinen Eltern die Wahrheit sagen und ob du willst oder nicht, du musst in dein Haus zurück. Lasse die Kinder vielleicht bei deinen Eltern, bis alles geklärt ist."

I: „Du hast recht. Ich muss zurück, aber nicht heute, ich warte, bis er sich einigermaßen beruhigt hat."

J: „Ich starte inzwischen mit dem Umzug ins neue Haus."

I: „Geht das wirklich? Ich meine, kannst du das alles so schnell machen? Was ist mit deiner Tante?"

J: „Wir haben ja bereits langsam begonnen, jetzt nehme ich mir Urlaub und beschleunige das Ganze eben. Ich freu mich so!"

I: „Ich mich auch, aber gleichzeitig habe ich eine riesen Angst."

J: „Ich bin für dich da, ruf mich an, wann immer du willst und ich komme sofort!"

I: „Das ist der reinste Wahnsinn!"

J: „Ja, das stimmt! Aber du wirst sehen, es wird alles gut."

I: „Ich muss Schluss machen, meine Eltern kommen zurück!"

J: „Sagst du es ihnen?“

I: „Ja, ich werde das jetzt gleich erledigen, worauf soll ich warten? Dass Robert sie vielleicht anruft?“

J: „Du schaffst das! Melde dich später wieder bei mir, bitte!“

I: „Ja, natürlich! Bis später! Ich liebe dich!“

J: „Ich dich auch!“

Ich lege auf und lausche den Stimmen von unten. Alle wieder hier. Wie sage ich ihnen das jetzt am besten? Wie sagt man seinen Eltern, dass man sich scheiden lassen möchte? Meinen Kindern sage ich noch nichts. Das wäre zu viel für mich an einem Tag.

Ich gehe die Treppen hinunter und finde meine Eltern, die Kinder und, welch Überraschung, meine beiden Schwestern vor!

„Hallo! Was macht ihr denn hier?“, frage ich Emma und Annika überrascht.

„Wir haben gehört, dass Robert aufgetaucht ist und nicht gerade gut drauf war, da dachten wir, du brauchst uns.“

„Oh, seid ihr süß!“, schluchze ich. Ich versuche meine Tränen zu unterdrücken, damit Klaus und Clemens nichts bemerken.

„Ist er weg?“, fragt Emma und blickt sich suchend um.

„Ja, er ist wieder nach Hause gefahren.“

Meine Eltern sehen mich traurig an.

„Clemens, Klaus, was haltet ihr davon, wenn ihr, nachdem ihr den ganzen Tag so fleißig wart, jetzt fernsehen dürft?“, frage ich die beiden. In letzter Zeit setze ich sie ziemlich oft vor die Glotze.

„Wo ist Papa?“, fragt Klaus.

„Er musste schon wieder zurück. Er hat viel Arbeit“, flunkere ich.

„Schade. Er hat uns kaum beachtet", meint Clemens traurig.

Ich nehme die beiden in die Arme und drücke sie ganz fest. „Manchmal sind Erwachsene so mit sich selbst beschäftigt, dass sie die Kinder vergessen. Er hat euch sehr lieb und lässt euch ganz lieb grüßen", lüge ich weiter. Was bleibt mir denn jetzt gerade auch anderes übrig?

„Ok, wir haben dich auch lieb", meint Clemens und löst sich aus der Umarmung. „Was dürfen wir denn jetzt anschauen?"

„Na, am besten irgendeinen Kinderfilm? Los jetzt, bevor ich es mir anders überlege!"

„Ahhhhh!", kreischen die beiden und laufen zum Fernsehkastel im Wohnzimmer.

Da stehe ich nun mit meiner Familie und blicke von einem zum anderen.

„Sie wissen es, sorry, Fredy, aber ich habe es nicht ausgehalten. Sie haben sich so darüber gefreut, dass Robert da war, und ich konnte das nicht mehr länger mit ansehen", platzt Emma plötzlich heraus.

„Na dann schönen Dank!", antworte ich enttäuscht und sehe meine Eltern vorsichtig an. Sie sehen traurig aus.

Eigentlich kann es mir ja so was von egal sein, was sie davon halten, was sie denken, es ist mein Leben, nicht ihres. Ja es könnte mir gleichgültig sein, ist es aber nicht. Denn sie sind mir wichtig, ihre Meinung ist mir wichtig.

„Glaubt mir, das habe ich mir nicht ausgesucht. Es ist einfach passiert."

„Du hast dich also in jemanden anderen verliebt und möchtest Robert verlassen?", fasst mein Vater kurz zusammen.

„Und wie stellst du dir das alles vor? Wie machst du das mit den Kindern?“, fragt meine Mutter.

„Weiß es Robert jetzt schon?“, fragt Annika dazwischen.

„Moment, eines nach dem anderen! Ich erzähle euch alles in Ruhe. Ich möchte aber von euch nicht verurteilt werden. Ich erzähle es euch, brauche aber momentan keinerlei Kritik. Schaffen wir das?“, frage ich die anderen ernst.

Als alle zustimmend nicken, setzten wir uns und ich beginne zu erzählen. Ich erzähle meinen Eltern und Schwestern alles, keiner unterbricht mich. Alles bis zum Schluss, als ich es Robert gestanden habe.

Als ich fertig bin, sehe ich in den Augen meiner Mutter Tränen der Rührung. Sie kommt zu mir, nimmt mich in den Arm und küsst mich.

„Egal, was du tust, mein Liebling, wir helfen dir. Und wenn du sagst, Jakob ist der Richtige, dann glauben wir dir das, nicht wahr?“ Sie sieht Papa an.

Er räuspert sich und tut sich schwer dem zuzustimmen. Aber er tätschelt mir den Arm und brummt vor sich hin. Meine Schwestern nicken nur beschwörend.

Den Rest des Tages verbringen wir mit Diskussionen, ob es gut sei, gleich zu Jakob zu ziehen und ob es für die Kinder nicht zu schnell ginge. Wie ich mich wohl mit seinen Mädels verstehen würde, usw. Am Ende bin ich total erschöpft. Vor den Kindern versuche ich lustig zu sein, um mir nichts anmerken zu lassen, was mir aber nicht so hundertprozentig gelingt.

Sie wundern sich natürlich noch immer darüber, dass ihr Papa sich so schnell wieder verabschiedet hat. Diese Nacht fällt es mir schwer einzuschlafen. Ich simse eine Zeitlang mit Jakob und sollte eigentlich auf Wolke sieben sein. Aber ich denke noch immer an Roberts Gesichtsausdruck und fürchte mich vor dem Kampf, der mir bevorsteht. Ich habe ihm einen großen Schmerz zugefügt. Ich mache mir Sorgen um ihn und hoffe, dass er keinen Blödsinn macht. Plötzlich vibriert mein Handy, Jakob ruft an.

„Hallo“, flüstere ich.

J: „Hallo, Fredy, kannst du dich aus dem Haus schleichen?“

I: „Was? Wieso?“

J: „Ich stehe vor eurem Haus. Komm raus!“

I: „Du bist verrückt!“

J: „Ja, nach dir!“

I: „Moment! Ich komme!“

Mein Herz rast, ich muss leise lachen. Jetzt weiß ich wieder, warum ich das alles tue. Er ist es. Ich bin so verliebt in ihn. Aufgeregt ziehe ich mich rasch an und schleiche mich vorsichtig aus dem Haus.

Auf der Straße sehe ich sein Auto. Ich laufe schnell zu ihm und schlüpfe bei der Beifahrertür hinein.

Jakob strahlt über das ganze Gesicht. Er fährt, ohne ein Wort zu sagen, einfach los und entführt mich. Ich komme mir vor wie ein Teenager, der von zu Hause ausbricht. Was, wenn er doch ein Psychopath ist? Was, wenn er mich nun verschleppt und erwürgt? Ich schüttle die verrückten Gedanken schnell ab. Jakob bleibt auf einem Feldweg stehen und schaltet die Lichter aus.

„Komm her, lass dich küssen!“

Ich falle in seine Arme und wir küssen uns leidenschaftlich. Ich bekomme Gänsehaut, der Puls steigt. Meine Hände erforschen seinen muskulösen Rücken, unsere Zungen liebkosen sich hingebungsvoll. Er riecht so gut. Ich möchte ihn auffressen. Er fasst stürmisch unter mein T-Shirt und erkundet meine Brüste. Plötzlich springt mein BH am Rücken auf, der Verschluss hat dem heftigen Ziehen nicht standgehalten. Meine Brüste schweben nun frei zugänglich. Für ein paar Sekunden unterbrechen wir unsere Begierde, um zu lachen, doch dann fahren wir fort, unsere Körper zu erforschen. Nun zärtlich und langsam. Ich ertaste sein Gesicht, seinen Hals, seinen Oberkörper. Er hat nur ein paar Haare auf der Brust. Das finde ich wunderschön. Ich mag seinen Halsansatz, ich küsse ihn dort und schnuppere sein Parfüm. Bei ihm bin ich so leidenschaftlich, so aufgeregt wie schon lange nicht mehr.

Meine Hände tasten weiter. So wie die seinen. Wir beginnen uns gierig zu erforschen. Ich spüre seine starke Erregung durch die Hose. Vorsichtig öffne ich seinen Reißverschluss und fasse hinein.

Langsam dringt meine Hand vor, erforscht das neue Gebiet. Dabei küsse ich sanft seinen Hals, seine Ohren. Plötzlich stöhnt Jakob laut auf. Er krallt sich in meine Schulter und genießt mit geschlossenen Augen diesen wunderbaren Moment.

Als er wieder zu sich kommt, lächelt er genüsslich und küsst mich zärtlich und erlöst. Behutsam fasst er unter meinen Rock, zwischen meine Beine. Ich öffne sie bereitwillig.

„Entspann dich“, flüstert er.

Er findet in Sekunden meinen magischen Punkt und treibt mich mit kreisenden Bewegungen in den Wahnsinn. Ich spüre seine zärtlichen Lippen überall. Mein Atem beschleunigt, mein Bauch zuckt zusammen und ich treibe einem sensationellen Höhepunkt entgegen. Es ist eine Erlösung, ein so langes in mir verborgenes Gefühl darf sich nun endlich entfalten, hochschaukeln, bis es sich schließlich explosionsartig öffnet!

Ich stöhne hemmungslos und genieße mit geschlossenen Augen dieses sensationelle Gefühl, welches sich bis in die Zehenspitzen ausbreitet.

„Du zitterst ja!“, flüstert er.

„So wunderschön, es ist mit dir alles so wunderschön!“, antworte ich ihm heiser.

Wir sitzen noch eine Zeitlang eng umschlungen da und sagen kein Wort. Zu magisch war das jetzt eben, als dass man es mit Worten besprechen sollte.

„Wieso bist du eigentlich hier rausgekommen?“, unterbreche ich schließlich unser Schweigen.

„Ich habe an deiner Stimme gehört, dass es dir nicht gut geht und dachte, es würde dir helfen, den Grund für all dein Handeln zu sehen! Bevor du es dir anders überlegst und einen Rückzieher machst.“ Er grinst.

„Du meinst mit dem Grund dich?“

„Ja, genau.“

„Ich … wir sind der Grund für deinen derzeitigen Stress. Eine Scheidung tut weh, ist anstrengend und belastend. Ich unterstütze dich dabei, so gut ich kann.“

„Was wird die Zukunft für uns wohl bringen?“, frage ich ihn.

„Wir werden sie gemeinsam gestalten.“, antwortet Jakob verträumt.

„Womit beginnen wir?“

„Sollen wir uns mit unseren Kindern morgen treffen? Meine Töchter sind morgen Nachmittag bei mir. Wir könnten nach Schönbrunn fahren? Was hältst du davon?“

„Ist das nicht zu schnell?“, gebe ich zu bedenken.

„Wir müssen ihnen ja nicht gleich alles erzählen, es wäre nur ein harmloses Kennenlernen.“ Ich setze mich aufrecht hin und sehe Jakob direkt in seine Augen.

„Du gibst ja Gas! Aber du hast recht, außerdem kann ich mich nicht ewig in Podersdorf verstecken, ich muss zurück. Mein Urlaub ist auch bald um. Weißt du was? Ich fahre morgen mit den Kindern zurück nach Wien. Bleibe mit ihnen bis Sonntag und frage meine Eltern, ob sie nächste Woche wieder alleine kommen könnten. Dann nehme ich mir noch eine Woche Urlaub und werde versuchen, in der Zeit alles so gut es geht zu regeln."

„Jawohl! Guter Plan!", stimmt mir Jakob zu." Ich fahre dich jetzt nach Hause, damit du ausgeschlafen bist." Er startet das Auto und wir fahren langsam wieder zurück zu meinem Elternhaus. Ich bitte ihn, um die Ecke zu parken, das letzte Stück gehe ich lieber zu Fuß. Der Abschied fällt uns beiden schwer. Wie lange noch? Wie lange wird es noch dauern, bis wir offiziell zusammen sein können, ohne Verstecken und Geheimnisse? Wann werden wir endlich eine Nacht gemeinsam verbringen?

Am nächsten Tag eröffne ich meinen Eltern beim Frühstück unseren Plan. Sie machen sich große Sorgen, haben aber nächste Woche Zeit, um auf die Jungs aufzupassen. Somit mache ich mich mit den Kindern auf den Weg in unser Haus nach Wien.

Ich versuche Robert vorher anzurufen, doch es geht nur seine Mailbox ran. Soll ich mir um ihn Sorgen machen? Seit unserem Streit war er nicht mehr erreichbar. Hoffentlich ist ihm nichts passiert.

Doch von den vielen Nächten des Wartens weiß ich, dass, falls ihm etwas zugestoßen wäre, die Ehefrau sofort verständigt werden würde. Das hat mir einmal ein Polizist am Telefon gesagt, nachdem ich angerufen hatte, um mich zu erkundigen, ob Robert einen Unfall hatte, da er nicht nach

Hause gekommen und seit 16 Stunden nicht erreichbar war. Nun gut, das gehört jetzt der Vergangenheit an. Ich werde nie wieder auf ihn warten. Auf in die Zukunft!!

Ich möchte nur kurz zu Hause vorbeischauen, um die Wäsche in die Waschmaschine zu stopfen und die Post durchzusehen, danach sind wir mit Jakob in Schönbrunn verabredet.

Doch bis in die Waschküche komme ich gar nicht mehr. Als ich die Eingangstür aufschließe, eröffnet sich mir ein grauenhaftes Bild. Robert rücklings am Sofa sitzend mit heruntergelassener Hose und auf ihm mit dem Rücken zu mir gewandt, hopsend und kreischend unsere nackte Nachbarin, eigentlich meine Freundin Sybille. Ich sehe ihren nackten Po, seine Hände darauf und wie er sie fest auf und nieder bewegt. Sie sind beide so in Trance, dass sie mich nicht bemerken. Erschrocken bleibe ich wie erstarrt stehen.

Die Kinder!, schießt es mir plötzlich in den Kopf. Rasch drehe ich mich um, um das Schlimmste zu verhindern.

Die beiden Jungs sind stets langsam, aber diesmal sind sie schneller als sonst. Sie stehen bereits hinter mir und drängen hinein. Klaus und Clemens werden Zeugen dieses abartigen Geschehens. Ich halte ihnen die Augen zu und beginne laut zu kreischen.

„Geht raus, geht raus!“, schreie ich. Da bemerken auch die beiden Vögler, dass sie nicht mehr alleine sind. Erschrocken springt Robert auf und wirft dabei Sybille von sich herunter. Sie purzelt auf den Boden. Robert schnappt sich ein Polster und hält es sich auf seinen Penis. Ich schnappe die Burschen und zerre Klaus und Clemens wieder zurück zum Auto. Als die beiden auf der Rückbank sitzen und mich nur geschockt anstarren, drehe ich mich noch einmal um und renne wütend zurück ins Haus. Es ist mir egal, wen er vögelt, aber nicht hier, nicht hier in meinem Haus! Vor den Kindern!

Ich reiße erneut die Eingangstüre auf. „Ihr Schweine! Ihr verdammten Schweine! Wieso hier?! Wieso hier, du hast doch auch ein Haus! Ihr blöden Vollidioten!!“ brülle ich völlig unkontrolliert. Die beiden versuchen sich schnell anzuziehen. Bevor jemand antworten kann, schreie ich noch: „Wir sind am Abend wieder hier und ihr seid fort, verstanden?“

Länger kann ich diesen Anblick nicht ertragen. Auf meinem geliebten Sofa von der Grünen Erde! Auf diesem sauteuren Stück haben es die beiden getrieben, wie ekelhaft. Ich mache mir Sorgen um ihn und habe ein schlechtes Gewissen! Und er schläft mit unserer Nachbarin!

Ist das nun die Rache? Oder geht das schon länger so und ich habe es nicht bemerkt? Ich möchte es jetzt gar nicht so genau wissen, fest steht, ich muss hier weg und mich um die Kinder kümmern.

Die beiden sitzen hinten und sagen kein Wort. Es hat ihnen komplett die Sprache verschlagen. Ich starte das Auto und fahre ein paar Gassen weiter. Als ich eine große Parklücke entdecke, lasse ich das Auto hineinrollen, schalte den Motor wieder ab und drehe mich zu meinen Kindern um. Die beiden sehen mich traurig an.

„Wie geht es euch?“, frage ich sie.

Sie zucken nur mit den Schulten.

„Was genau habt ihr gesehen?“, frage ich nach.

„Naja, ich habe gesehen, dass Sybille da war. Was haben sie gemacht, Mama? Was hat das zu bedeuten?“, fragt Clemens.

„Was sollte das? Hat Papa dich nicht mehr lieb?“, fragt Klaus traurig.

Ich könnte jetzt die Situation voll ausnutzen und Robert als den Sündenbock dastehen lassen. Aber fairerweise sage ich: „Wir haben uns beide nicht mehr so lieb, wie man sich lieb haben sollte.“

„Das ist kein Grund, dass Sybille nackt bei Papa ist!“, regt sich Clemens plötzlich auf.

Klaus fängt an zu weinen. Ich steige aus, setze mich zu ihnen auf die Rückbank und nehme sie beide in den Arm. Ich hätte ihnen das alles so gerne erspart.

„Lasst ihr euch jetzt scheiden?“, fragt Klaus leise.

„Ich denke, wir werden uns gewiss erstmal trennen, das ist klar.“

„Wie geht es dir, Mama?“, fragt mich Clemens. Erstaunt sehe ich ihn an. Er ist so vernünftig, er ist so erwachsen.

„Lieb, dass du fragst, mein Schatz, ich bin natürlich auch wütend auf Papa und ich bin verletzt. Am meisten ärgere ich mich darüber, dass ihr das gesehen habt.“

Ich höre plötzlich Clemens‘ Magen knurren.

„Habt ihr Hunger?“

„Ja!“, antworten sie beide. Wir sitzen noch eine Weile da und ich knuddle sie ausgiebig.

„Los, gehen wir etwas essen!“, verkünde ich den beiden und setze mich wieder ans Steuer.

Als wir eine Weile gefahren sind, entdecke ich einen Mc Donald‘s. Normalerweise meide ich dieses Unternehmen. Doch heute ist eine Ausnahme. Ein Big Mac wird den Kindern nicht weiterhelfen, aber ich muss irgendetwas tun. Es war so peinlich, so beschämend. Die beiden haben einen Schock für‘s Leben. Ich weiß nicht, wie viel sie genau gesehen haben.

Wir fahren zum Drive in und die Kinder dürfen sich bestellen, was sie möchten. Vollbepackt mit dem Junkfood fahre ich weiter und halte bei einem Park. Wir steigen aus und nehmen unsere „gesunde Jause“ und eine Decke mit und machen es uns im Gras gemütlich. Die Jungs schmatzen ihre fetten Burger und ein wenig beginnen sie sich wieder zu entspannen.

Ich spüre, wie mein Handy vibriert. Es ist Robert, aber ich gehe jetzt nicht ran, das ist mir gerade alles zu viel. Ich möchte jetzt nicht mit ihm sprechen.

Es ist sein gutes Recht, eine andere Frau zu vögeln, nachdem er erfahren hat, dass ich einen anderen liebe. Aber so schnell? Er hat keine Sekunde um mich gekämpft, er hat sich gleich nach einer anderen umgesehen. Oder hatten die beiden ohnehin ein Verhältnis? Warum in unserem Haus? Wollte er mich demütigen? Warum ausgerechnet Sybille? Lauter Fragen, auf die ich keine Antwort habe.

Nachdem wir fertig gegessen haben, entsorgen wir unseren Müll (ein Wahnsinn, wie viel Müll bei einem Zehn-Minuten–Essen entsteht) und liegen einfach auf der Decke rum.

Was soll ich jetzt tun? Da fällt mir ein, dass wir in Schönbrunn verabredet sind! Soll ich absagen?

Nein, ich möchte Jakob sehen. Ich muss zu ihm. Wir müssen allerdings gegenüber den Kindern jetzt noch sensibler sein, noch vorsichtiger.

Ich entschuldige mich kurz bei den Jungs und rufe Jakob an. Nachdem ich ihm die Geschichte in Kurzfassung erzählt habe, ist er erstmals sehr betreten. „Sollen wir uns überhaupt treffen?“, fragt er.

„Ja, unbedingt, ich muss dich sehen, wir könnten ja so tun, als ob wir uns zufällig über den Weg laufen würden.“

„Okay, wenn du meinst. Die armen Jungs, das muss ja schrecklich für sie gewesen sein.“

I: „Für uns alle war es ein großer Schock.“

J: „Fürchterlich!“

I: „Sagen wir in zwei Stunden bei den Pinguinen?“

J: „Passt, das schaffen wir. Ich liebe dich, mein tapferes Mädel.“

I: „Ich dich auch.“

Ich packe die Jungs zusammen und wir machen uns auf den Weg in den Tiergarten Schönbrunn. Sie sind ganz erstaunt darüber.

„Kopf hoch, Männer. Das Leben geht weiter! Wir lassen uns jetzt nicht den Tag verderben. Los!“, treibe ich sie an.

Allmählich kehrt wieder Farbe zurück in ihre Gesichter. Wir besuchen die Giraffen und die Löwen, die Pandabären finden sie besonders niedlich. Es ist eine gute Idee, sie tauen auf und beginnen wieder zu lachen.

Ich versuche auch die Bilder aus meinem Kopf zu bekommen, was gar nicht so einfach ist.

Zwei Stunden später stehen wir bei den Pinguinen.

Wer allerdings nicht dort ist, ist Jakob. Ich rufe ihn an. Nichts. Er hebt nicht ab, das Handy ist ausgeschaltet.

Verzweifelt sehe ich mich um. Hat er nun kalte Füße bekommen? Lässt er mich nun alleine mit all diesen Problemen? Ich tue so, als ob mich die Pinguine wahnsinnig interessieren, und möchte von dort nicht weg.

Clemens und Klaus besteche ich mit einem Eis. Sie dürfen sich eines holen, während ich stur bei den Pinguinen verweile. Mein Blick zur Uhr zeigt, dass er sich bereits 15 Minuten verspätet. Das ist doch sonst nicht seine Art!

Was für ein Tag! Wer hätte das gedacht. Sybille und Robert. Der Wahnsinn. Die letzten Tage waren eine Katastrophe. So viel erlebt ein Mensch doch normalerweise in einem Jahr, oder? Wenn ich jetzt auf der Stelle umkippe, dann wäre das eigentlich kein Wunder! Wie viel hält ein Mensch nervlich eigentlich aus? Ich beobachte weiter die Pinguine. Doch immer wieder tauchen die Bilder vor mir auf. Robert und Sybille. Wie lange das schon gehen mag?

Soll ich nun froh sein? Warum bin ich verletzt? Ich liebe Robert doch nicht mehr. Trotzdem hat mich der Anblick schockiert. Ich habe alles auf eine Karte gesetzt. Robert hat gleich Ersatz für mich gefunden. Was ist, wenn Jakob nun doch abspringt. Dann bin ich alleine. Alleinerziehende Mutter. Was soll's, das habe ich mir eigentlich immer gewünscht. Ich habe mir immer gewünscht, dass er eine andere kennenlernt. Mitleid, besser gesagt Selbstmitleid, macht sich breit. Es breitet sich aus, ganz warm und heiß fühlt es sich an. Das Gefühl entsteht in der Brust und wandert hoch bis zu meinem Hals, weiter bis zu meinen Augen.

Die Pinguine verschwimmen vor mir. Tränen sammeln sich. Ich darf nicht, ich muss mich zusammenreißen, stark sein. Plötzlich halte ich Brigittes Stofftaschentuch in der Hand. Ich kann mich nicht erinnern, es eingesteckt zu haben. Ich wische meine Tränen weg, bevor sie jemand sieht.

Plötzlich tippt mir jemand auf die Schulter. „Hallo gnädiges Fräulein, kennen wir uns nicht?!“, fragt mich eine vertraute Stimme. Ich drehe mich um und möchte ihm schon um den Hals fallen, halte mich aber zurück. Denn neben Jakob stehen seine zwei entzückenden Mädels.

„Oh, hallo, welch Überraschung! Jakob!“, flöte ich, bemüht, meine soeben verspürte Angst zu überspielen.

Ich starre ihn an. Ich bin so erleichtert. Noch immer umklammere ich das Stofftaschentuch. Als ich es hastig einstecken möchte, sehe ich, dass etwas darauf eingestickt ist.

„MUT“, steht da. Ich muss ein wenig lächeln und sehe Jakob wieder an.

„Hallo Frederike!“, antwortet er. Wir schütteln uns förmlich die Hände.

„So ein Zufall! Schön, dich zu sehen. Darf ich dir meine beiden Töchter vorstellen. Das sind Johanna und Emilia“, spricht Jakob weiter.

„Oh, sehr erfreut. Ich bin wie gesagt Frederike.“

Ich schüttle ihre kleinen Hände. Die beiden grüßen höflich und sehen mich neugierig an. Wie hübsch sie sind. So ordentlich und gepflegt.

Ich bin ganz aufgeregt. Soeben dachte ich noch darüber nach, dass ich alleinerziehend sein könnte, nun stehen diese beiden süßen Kinder vor mir. Das sind also Jakobs Töchter.

„Seid ihr oft in Schönbrunn?“, frage ich sie, um irgendetwas zu sagen.

„Nein, zumindest nicht mit Papa. Sonst kommt immer Oma mir uns hier her“, antwortet mir Emilia, die ältere der beiden. Sie sieht mich direkt an und zeigt überhaupt keine Scheu. Ihre Augen hat sie eindeutig von Jakob.

Johanna versteckt sich hinter ihrem Papa und umklammert sein Bein.

„Oh, na das ist ja dann wirklich ein Zufall. Wir sind auch nicht oft hier. Seht ihr, die beiden da drüben sind meine Söhne.“ Ich zeige auf die Burschen.

„Klaus, Clemens!“, rufe ich die beiden und winke ihnen.

Sie kommen mit ihren Eistüten in der Hand auf uns zugelaufen. Ihre T-Shirts sind schon vollgekleckert und ihre

Münder und Hände voller Schokolade. Na großartig. Das ist also der erste Eindruck. Aber heute verzeihe ich ihnen einfach alles. Sie hätten auch nackt durch den Zoo rennen können.

„Hallo!“, lachen sie. „Schaut mal, wer hier ist. Das ist Jakob, ein alter Freund von mir, und das sind seine Töchter Johanna und Emilia“, stelle ich sie einander vor.

Die Mädels sehen die beiden Jungs mit großen Augen an. Sie verzichten aufs Hände schütteln. Die Burschen lachen und winken mit ihren Händen. Noch vor ein paar Stunden saßen sie ganz verstört auf der Autorückbank und jetzt sind sie schon wieder die Lauser, wie ich sie kenne. Gott sei Dank!

„Wir gehen auf den Spielplatz. Kommt ihr mit?“, fragt Clemens.

Zu meiner Überraschung laufen die Mädchen tatsächlich den beiden nach. Selbst Johanna löst sich von ihrem Papa und huscht der Bande neugierig hinterher.

„Wir sitzen dort auf der Bank!“, brülle ich noch laut.

Jakob strahlt über das ganze Gesicht.

„Das ging ja schnell! Fort sind sie! Komm, ich spendiere dir einen Kaffee, setze du dich und ich hole uns welchen.“

Dankbar lasse ich mich auf der Bank nieder.

Sie sind da. Sie sind tatsächlich hier. Ich kann es kaum fassen. Jakob und seine Mädels. Er meint es tatsächlich ernst. Er möchte das alles wirklich.

Wir sitzen nebeneinander auf der Bank wie gute Freunde, trinken unseren Kaffee und beobachten unsere Kinder.

„Wie geht es dir?“, fragt mich Jakob und beobachtet mich von der Seite.

„Ich stehe noch ein wenig unter Schock, ehrlich gesagt.“

„Das war jetzt alles etwas viel auf einmal! Am liebsten würde ich dich jetzt drücken, aber das geht nicht wegen der Kinder.“

„Ich weiß“, seufze ich.

„Tut mir leid wegen der Verspätung, aber die beiden Mädels haben ein anders Tempo als ich.“

„Ist schon gut, ich dachte schon, du hast kalte Füße bekommen.“

„Blödsinn! Du spinnst! Denk so etwas nie mehr, verstanden?“

Ich lächle ein wenig. Ich liebe ihn.

„Was haben die Burschen gesagt?“, fragt er nach.

„Sie haben ein bisschen was gesehen. Sie sind natürlich irritiert, wie du dir vorstellen kannst. Robert ist so ein Depp! Wieso bei uns zu Hause? Ich bin ganz verwirrt. Ich liebe ihn nicht mehr, aber ich bin schockiert. Mir tut es vor allem wegen der Kinder leid. Und Sybille ist mir ein Rätsel. Sie ist meine Freundin. Hat sie schon länger etwas mit ihm oder ist es heute das erste Mal passiert? Soll mir das egal sein? Denn schließlich möchte ich ihn ja verlassen.“

Ich setze meine Sonnenbrille auf und stütze meinen Kopf in meine Hände. Die Tränen schießen wieder ein und ich möchte nicht, dass Jakob es sieht. Was muss er sich denken, wenn ich meinem Ex nachweine.

„Sorry, ich bin echt fix und fertig.“

Jakob rückt ein wenig näher und ich spüre seine Hand auf meinem Rücken.

„Frederike, es ist ok, das ist alles viel für dich.“

„Ich fürchte mich davor, nach Hause zu fahren. Ich habe keine Ahnung, wie es weitergeht. Wohin soll ich, wie finanziere ich alles? Was soll ich als Nächstes tun? Wenn ich alleine wäre, würde ich nicht lange nachdenken, aber so, mit den beiden Jungs, ist alles so kompliziert."

Plötzlich brummt wieder mein Handy. Sybille ruft mich an.

„Die ist aber mutig!", sage ich und drücke sie weg.

„Vielleicht will sie dir alles erklären."

„Ich kann jetzt nicht mit ihr reden."

Da piepst es plötzlich. Eine SMS von Sybille.

„Bitte entschuldige!!! Es tut mir sooo leid! Ich schäme mich so. Aber ich liebe Robert, bitte verzeih mir!", lese ich laut vor.

Ich sehe Jakob an und sage: „Ist sie wahnsinnig?"

Er schweigt, sagt nichts.

Ich überlege kurz. „Aber irgendwie bin ich ihr dankbar. Warum soll ich eigentlich böse sein? Sie befreit mich jetzt regelrecht von ihm. Ich habe mir solche Sorgen um sein Wohlergehen gemacht. Jetzt weiß ich, dass er nicht alleine ist."

Jakob lächelt. „Das ist mein Mädchen. Du wirst sehen, es wird alles gut."

Das sagt er immer. Das ist Jakob. Diese positive Lebenseinstellung zeichnet ihn aus. Das liebe ich so an ihm.

„Ich bin frei!", stelle ich plötzlich fest, nehme meine Brille ab, setze mich aufrecht hin und atme tief ein und aus.

Wir sehen uns in die Augen und hinter dem Rucksack, der zwischen uns steht, drücken wir heimlich unsere Hände.

„Ich liebe dich. Keine Euro und keine Quadratmeter können uns aufhalten", flüstert Jakob mir zu.

„Ich dich auch", antworte ich leise.

„Wir haben noch viel zu tun und ich freue mich darauf!"

Ich sehe mir sein Gesicht genau an. Dieser Mann ist unglaublich. Endlich, endlich können wir unser gemeinsames Leben tatsächlich planen. Der Traum wird wahr. Keine Ausreden mehr, kein Selbstmitleid.

Vor uns toben die Kinder am Spielplatz. Die Mädchen sehen schon so schmutzig aus wie die Jungs. In mir tobt ein Vulkan. Ein neuer Lebensabschnitt beginnt. Diese letzten Tage waren der reinste Wahnsinn. Wer weiß, was mich noch alles erwartet? Ich hatte ja keine Ahnung wie turbulent das Leben sein kann! Ich greife in meine Hosentasche und drücke das Stofftaschentuch.

„Danke!“

-ENDE-

oder besser ein NEUBEGINN!

Fremdwörter Übersetzung, a bisserl Österreichisch …

Pantscherl……Affäre, Fremd gehen
Tratschen……eine Person welche alles weitererzählt, über andere Menschen spricht
sudern…… raunzen, jammern, der typische Wiener sudert
Vollprolet…….Prolet…abwertende Bezeichnung für Menschen ohne Benehmen oder Bildung
sekkieren……jemanden ärgern

Lydia Wiesmayer Fuchs lebt und arbeitet mit ihrer Familie in Niederösterreich auf dem Wiesmayerhof, einem Bio-Bauernhof. Mehr unter: www.maloase-fuchs.at

Ich möchte danken:

Meinem Mann Johannes, der mich immer unterstützt und an mich glaubt. Unseren großartigen Kindern, auf die wir sehr stolz sind. Meiner Schwester und ihrer Familie, meinen wunderbaren Freundinnen, besonders Hedwig (Leseversuchskaninchen), meiner lieben Schwägerin Sabine (Rechtschreibung) und natürlich allen großartigen Frauen, die ich kennenlernen durfte. Meinen Eltern – Schwiegereltern, die mich prägten und auf meinem Weg begleiten. Danke, Mama, für die vielen Gespräche in deiner Parfümerie!